名臣治家

邬国义 朱政惠 张鸿雁 编撰

图书在版编目(CIP)数据

名臣治家 / 邬国义，朱政惠，张鸿雁编撰 .—— 北京：研究出版社，2023.3

ISBN 978-7-5199-1425-7

Ⅰ.①名… Ⅱ.①邬… ②朱… ③张… Ⅲ.①故事–作品集–中国 Ⅳ.① I247.81

中国国家版本馆 CIP 数据核字(2023)第 033996 号

出 品 人：赵卜慧
出版统筹：丁　波
责任编辑：范存刚

名臣治家

MINGCHEN ZHIJIA

邬国义　朱政惠　张鸿雁　编撰

研究出版社 出版发行

（100006　北京市东城区灯市口大街 100 号华腾商务楼）

北京隆昌伟业印刷有限公司　　新华书店经销

2023 年 3 月第 1 版　2023 年 3 月第 1 次印刷

开本：880 毫米 ×1230 毫米　1/32　印张：10

字数：278 千字

ISBN 978 - 7 - 5199 - 1425 - 7　定价：58.00 元

电话（010）64217619　64217652（发行中心）

版权所有·侵权必究

凡购买本社图书，如有印制质量问题，我社负责调换。

前　言

　　优秀的民族传统是民族赖以生存的基础，民族传统文化是民族自信力的根源。中华民族有几千年的文明史，在黄河、长江两岸的沃土上创造了光辉灿烂的文化。五千多个春秋，虽然烽火不息、天灾人祸连年，而中华民族的传统文化，表现出了强大的生命力和内聚力，在广袤的土地上展现出民族文化心理的共性，具有鲜明的东方文化的特征。正如毛泽东同志指出的："中华民族不但以刻苦耐劳著称于世，同时又是酷爱自由、富于革命传统的民族。"(《中国革命和中国共产党》)

　　这样的文化哺育了无数的民族精灵，也炼铸了经过历史验证的优秀的民族道德传统。在历史上出现了许许多多被人们传为佳话的优秀人物和事例，有的正直不阿，有的为官清廉，有的忧国忧民，有的于细微之处见高洁。他们的行为，千古以来百姓有口皆碑。所谓"先天下之忧而忧，后天下之乐而乐""位卑未敢忘忧国""天下兴亡，匹夫有责"等格言警句，多少年来一直激励着有志有识之士为民族事业奋斗。如鲁迅先生所说："我们从古以来，就有埋头苦干的人，有拼命硬干的人，有为民请命的人，有舍身求法的人，……虽是等于为帝王将相作家谱的所谓'正史'，也往往掩不住他们的光耀，这就是中国的脊梁。"(《且介亭杂文·中国人失掉自信力了吗》)这些均是我们中华民族传统文化主导方面的突出表现。

中华优秀传统文化是中华民族的根和魂，同时在传统的道德观念上，很多优秀品质为世界各民族所称誉。在国家面前，可以公而忘私，立身行事；在小家庭中也有自己的行为规范和准则。我们这本书主要就是从这后一领域挖掘优秀的民族传统，看古人是如何处理父子、兄长、夫妻、邻里、婆媳等方面的关系，怎样持家、教子和处理钱财的。在书中可以看到穷不移志、富贵不淫的传统品德，可以看到"人皆因禄富，我独以官贫"的清廉行为，看到在犯法的儿子面前如何不徇私情，还可看到"人皆遗子孙以财，我遗子孙以清白"的千古佳话。

黑格尔说："人类精神文化，无不具有民族精神的标记。"（《历史哲学》）以中华民族文化为重要代表的东方文化，在世界文化历史的发展中有着十分重要的地位。在全面建设社会主义现代化强国，实现中华民族伟大复兴的今天，发掘和继承中华民族的优良传统，对于提高民族自信心，激发爱国主义热情，具有重大的现实意义和深远的历史意义。事实上，我们可以看到，在百年奋进的历史过程中，在很多优秀人物身上，也能看到传统文化深层结构对他们的积极影响和精神涵育。优秀的传统文化是一个国家、一个民族传承和发展的根本。民族的优秀道德，对人的影响是潜移默化的，而且是深刻持久的。更重要的是"道德这事，必须普遍，人人应做，人人能做，又与自（己）他（人）有利，才有存在的价值"（鲁迅：《坟·我之节烈观》）。基于这一原因，为适应新时代的社会发展需要，更好地传承和弘扬中华优秀传统文化和传统美德，我们编写了这本书奉献给读者。

家庭是社会的细胞，家风是社会风气的重要组成部分。习近平总书记指出："不论时代发生多大变化，不论生活格局发生多大变化，我们都要重视家庭建设，注重家庭、注重家教、注重家风。"（《在

2015年春节团拜会上的讲话》）中华民族自古就有"修身齐家治国平天下"的优良传统，如书中《罗伦诫族人书》所言："家不齐而求国治，无此理也。"因而，注重家庭、家教、家风，重视家庭文明建设，把家风建设摆在重要位置，大力营造见贤思齐、向上向善的社会氛围，激浊扬清，通过家庭的培育和践行，努力提高精神境界、培育文明风尚，并将其渗透到日常生活、行为规范的方方面面，使之落地生根，无疑是一项基础而长远的建设任务。而家庭的前途命运，又同国家和民族的前途命运紧密相连。因此，在新时代新征程上，如何充分挖掘中华民族的传统美德，大力弘扬中华优秀传统文化，讲好中华文明与良好家风的中国故事，显得尤为迫切和重要。

为达到这一良好的愿望，我们尽心编写了这部《名臣治家》。我们遍查有关资料，引用书籍近百种，并在选出的500多个故事中，剔除封建糟粕，精选出有代表性的故事近150个，大体上按时代顺序编排。为便于普及阅读，体例上译文在先，原文在后，略加注释。

从总体上看，书中有的故事气壮山河，有的故事动人心魄，有的故事使人叹息再三，有的故事使人潸然泪下，难以忘怀，有的故事若涓涓细流，浸润心田。读者若能从这些优秀的民族传统品质中，摄取一二，就能使我们无比欣慰了。

作者
一九八六年九月五日
二〇二一年七月修订

目 录

1	爱子应教之以义
3	石碏大义灭亲
5	孙叔敖母励子除恶
7	外举不避仇，内举不避子
9	身居相位，不谋新居
11	曾子杀猪
13	公孙仪拒收鱼
15	腹䵍杀子奉法
17	王陵母寄语使者
19	朱买臣夫妇
22	隽不疑母亲的喜怒
24	遗子黄金满筐，不如一经
26	糟糠之妻不下堂
28	马援《诫兄子书》
31	贵宠过盛，即为祸患
33	郑均劝兄不受贿
35	杨震以清白传后人
37	赵苞母勉子杀敌
39	袁闳埋姓探父
41	羊续悬鱼于庭
43	顾雍教孙要恭谨

45	王昶替儿侄取名
47	辛氏送子入蜀
49	丝积厚尘，印封如初
51	试使夷齐饮，终当不易心
55	贪妻面前不言钱
57	陶侃运砖
58	让儿媳改嫁
60	刘寔更厕
62	郗公穷馁时
64	郗愔不哭子
66	王恭身无长物
68	乙逸怒子骄奢
70	孙盛直书国史
72	孔觊清约有声
74	阿豺临终教育子弟
76	骄傲岂能长久？
78	顾觊之计烧债券
80	何心独享白米？
83	安同自劾不能训子
85	一家丰俭与共
87	强寇仍在，岂可安坐华美？
89	弟妹饥寒，岂可独饱？
91	戴硕子三儿
93	太守妻樵采自供
95	麈尾扇不可执
97	对僚属如亲戚
99	范述曾清廉为官

101	庾荜清身率下
103	钱塘令居空车厩
105	郡中多产麻，太守家无绳
107	傅昭身安粗粝
110	张充三十改过
112	我遗子孙以清白
114	吕僧珍不私亲戚不益私宅
116	太守担水还卖主
118	不以女受宠为荣
120	苏琼悬瓜不剖
122	裴侠为世楷模
125	赵轨拾椹还邻
127	朝堂斥子贪赃
129	郑善果母
133	牛弘宽宏大量
135	人皆因禄富，我独以官贫
137	屏风上的格言
139	尉迟敬德富不易妻
140	勤奋去做三件事
142	欧阳询妻教子
144	王义方弹劾权臣
146	李勣珍惜粮食
148	李勣的临终嘱托
151	好消息与坏消息
153	李义琰不营美室
155	不为儿子谋官职
157	姚崇不护子短

159	战乱后寻访亲属
162	三携至门不敢言
164	不以祖产换官职
166	李晟教女
168	劝子弃暗投明
170	择婿不讲门第
172	郑氏教子有方
175	裴坦尚俭
177	门第可畏不可恃
179	李存审百镞遗子
181	军法不可私，名节不可亏
183	不以私亲乱国法
185	令儿日课"等身书"
187	狭窄的宰相府
189	力辞修建宅第
191	王旦嘱子孙自立
193	巨家贫无杯盘
195	由俭入奢易，由奢入俭难
197	宰相不庇族人
199	范仲淹烧罗绮
201	不患退而无居
203	包拯的家训
205	欧阳修母的教诲
207	奉如严父，保如婴儿
209	以责人之心责己
211	陈寅一家壮烈殉国
213	敌未灭，何以家为？

215	计夫人苦心育儿
218	不欲子为狂生
220	文天祥家中萧然
221	铎鲁斡斥子贪财
223	傅氏继承先夫遗志
225	独吉氏夫妇
228	许衡不啖无主梨
230	罗复仁粉墙
232	吴尚书插秧
234	避嫌不任考官
236	于谦公而忘家
239	王翱不为女婿调职
241	彭泽父烧器杖儿
243	陈茂烈恭侍老母
245	何遵直谏不顾家
247	海瑞为母祝寿
249	史可法不纳妾
251	嗣母遗训
253	天下清官第一
255	郭子固不受贿赂
257	兄弟共勉学樊氏
259	附：古代名臣治家书信精选
259	孔臧给子琳书
260	刘向诫子歆书
263	张奂诫兄子书
264	郑玄诫子书

266	刘廙诫弟纬
267	诸葛亮诫子书
269	诸葛亮又诫子书
270	诸葛亮诫外甥书
271	羊祜诫子书
273	颜真卿守政帖
274	元稹诲侄等书
276	欧阳修与十二侄
277	司马光俭示子康
279	司马光与侄书
280	黄庭坚与徐甥师川
282	胡安国与子书
283	朱熹给长子书
285	罗伦诫族人书
288	周怡勉谕儿辈
289	杨继盛给子应尾、应箕书
290	沈炼给子襄书
292	史桂芳训家人
293	徐缓训子书
295	支大纶示儿书
296	魏禧给子世侃书
297	朱吾弼示弟
298	聂继模给子书
301	陈宏谋给四侄钟杰书
302	彭端淑为学一首示子侄
304	郑燮寄舍弟墨第二书
305	袁枚给弟香亭书

爱子应教之以义

公子州吁是卫庄公的爱姬生的儿子，受到庄公的娇惯、宠爱，喜好打仗、用兵。庄公也不管教，庄公的夫人姜氏十分讨厌他。

卫国大臣石碏劝庄公管教儿子，说："我听说真正喜爱自己儿子的，应当用正义来教导他，使他不走邪路。骄傲、奢侈、放荡过度、贪图安逸是走上邪路的原因。这四种恶德之所以发生，是溺爱的结果。如果想让州吁为太子，那就应该明确定下来，反之就会逐渐形成祸根。那种受到尊宠而不骄傲，骄傲又能安于地位下降，真的地位下降又不怨恨，有怨恨之心又能克制自己的人，是很少的。……国君做事合乎道义，臣下恭敬尽力地工作，父亲慈爱，儿子孝顺，兄长宽和，弟弟恭敬，这是所谓的'六顺'。违背道义效法不轨，这是很容易发生灾祸的。作为一国之主，应该尽力根除祸害之源，而您却在让祸害加速到来，这怎么能行呢？"庄公不听。

石碏的儿子石厚与州吁交往，石碏多次劝阻，但不见效。后来，卫庄公的大儿子继承了君位，称卫桓公，这时石碏年老退休。第二年春天，州吁果然作乱，杀害了自己的哥哥卫桓公，自立为国君。但是州吁荒淫无度，国家很不安宁。

〔原文〕

公子州吁①，嬖②人之子也，有宠而好兵。公弗禁，庄姜恶之。石碏③谏之曰："臣闻爱子，教之以义方，弗纳于邪④。骄、奢、淫、逸，所自邪也。四者之来，宠禄⑤过也。将立州吁，乃定之矣，若犹未也，阶⑥之为祸。夫宠而不骄，骄而能降，降而不憾，憾而能眕⑦者，鲜矣……君义臣行，父慈子孝，兄爱弟敬，所谓六顺也。去顺效逆，所以速祸也。君人者，将祸是务去，而速之，无乃不可乎？"弗听。其子厚与州吁游，禁之，不可。桓公立，乃老⑧。

——《左传·隐公三年》

〔注释〕

①州吁：春秋时卫庄公的庶子。杀卫桓公自立为君，后被杀。

②嬖（bì）：宠爱。

③石碏（què）：春秋时卫国大夫。卫桓公十六年（公元前719年），公子州吁杀桓公，其子石厚参与其谋。他把州吁与石厚诱到陈国，请陈人捉住他们并把他们杀了。

④邪：指邪路。

⑤禄：俸禄，此指偏爱。

⑥阶：阶梯，这里有逐渐之意。

⑦眕（zhěn）：稳重、克制。

⑧老：退休。

石碏大义灭亲

卫国的州吁,把同胞兄弟卫桓公杀掉而自立。卫国大臣石碏的儿子石厚也参与了此事,石碏多次禁止,没有用,石厚照样跟州吁往来。

州吁虽然篡夺了君位,但不能很好地安顿百姓,百姓怨声载道。一天,石厚来找父亲石碏,询问安定君位、治理国家的办法。石碏对他们的所作所为疾恶如仇,就想了一个计策,对石厚说:"去朝见周天子就可以稳定现在所得到的君位。"石厚问:"怎样才能去朝拜呢?"石碏回答说:"陈桓公正受到天子的宠信。现在陈、卫两国关系和睦,如果朝见了陈桓公,让他代为请求,就一定可以达到目的。"石厚回去后,就跟随州吁到了陈国。

这时石碏又偷偷派人告诉陈国说:"卫国地方狭小,我也老了,不能干什么大事情了。州吁和石厚确实杀死了我国国君,请你们想办法除掉他们。"陈国人把这两个人抓住后,请卫国派人来处置他们。卫国派右宰丑去陈国的濮地杀死了州吁,考虑到石厚是石碏的儿子,没有杀他。石碏便派他的管家獳羊肩去陈国杀死了石厚。

君子评论这件事说:"石碏真是一个忠于国家的正直之士,既憎恶杀兄篡位的州吁,也憎恶帮着干坏事的自己的儿子石厚。人们说的大义灭亲,指的就是这类事情。"

〔原文〕

四年春，卫州吁弑①桓公而立。……州吁未能和其民，厚问定君于石子②。石子曰："王觐③为可。"曰："何以得觐？"曰："陈桓公方有宠于王，陈、卫方睦，若朝陈使请，必可得也。"厚从州吁如④陈。石碏使告于陈曰："卫国褊⑤小，老夫耄⑥矣，无能为也。此二人者，实弑寡君，敢即图之。"陈人执之而请莅于卫。九月，卫人使右宰丑莅杀州吁于濮⑦，石碏使其宰獳羊肩莅杀石厚于陈。君子曰："石碏，纯臣⑧也，恶州吁而厚与焉。大义灭亲，其是谓乎。"

——《左传·隐公四年》

〔注释〕

①弑（shì）：臣杀君主或子女杀父母。

②厚：石厚，石碏的儿子。石子：即石碏。石碏为子爵故称石子。

③觐：朝见，专指朝见君主。

④如：往。

⑤褊（biǎn）：狭小，狭隘。

⑥耄：指八九十岁的老人，也泛指老年。

⑦濮：在今安徽亳河上游。

⑧纯臣：忠纯笃实之臣。

孙叔敖母励子除恶

孙叔敖小时候,有一天出外游玩,看见一条两头蛇,就把它打死埋掉了。他回到家里,伤心地哭了起来。他的母亲问他痛哭的原因,孙叔敖回答说:"听说,看见了两头蛇的人就会死去,刚才我看见了一条两头蛇,我担心会离开母亲而死去啊!"母亲问:"那条两头蛇现在在什么地方?"孙叔敖回答:"我怕别人再看见它,就把它打死埋掉了。"母亲高兴地说:"我听说做了好事的人,上天就会降福于他。你不会死的。"孙叔敖长大后,做了楚国的令尹,还没有管理国家,全国的人就信服他的仁慈了。

〔原文〕

孙叔敖为婴儿之时①,出游,见两头蛇,杀而埋之,归而泣。其母问其故,叔敖对曰:"闻见两头之蛇者死。向者②吾见之,恐去母而死也。"其母曰:"蛇今安在?"曰:"恐他人见之,杀而埋之矣。"其母曰:"吾闻有阴德者,天报以福③,汝不死也。"及长,为楚令尹④,未治而国人信其仁也⑤。

——《新序·杂事一》

〔注释〕

①孙叔敖：春秋时楚国期思邑（今河南淮滨县东南）人。曾任楚国令尹。婴儿：指小孩子。

②向者：从前，过去，这里指"刚才"。

③有阴德者，天报以福：积有阴德的人，上天就会降福于他。这是一种迷信的说法。阴德，指有德于人而不为人所知。

④令尹：楚国最高的行政官员，相当于后世的丞相。

⑤治：管理，这里指治理国家。信：信服。仁：仁慈。

外举不避仇，内举不避子

晋平公问祁黄羊："南阳县缺个县令，你看谁可以去当呢？"祁黄羊回答说："解狐可以去当。"平公说："解狐不是你的仇人吗？"回答说："您问的是谁可以去当南阳县令，不是问谁是我的仇人呀！"平公说："好。"于是任命解狐为南阳县县令，老百姓都很称赞。

过了不久，平公又问祁黄羊："京城里缺个尉官，你看谁担任这个职务比较合适呢？"回答说："祁午可以。"平公说："祁午不是你的儿子吗？"回答说："您问的是谁可以担任尉官这个职务，不是问谁是我的儿子呀！"平公说："好。"于是又任命祁午为尉官，也受到大家的赞扬。

孔子听了这件事，称赞说："祁黄羊说得太好了！他推荐人才，外不避仇，内不避亲，唯才是举，像祁黄羊这样的人，称得上是大公无私了！"

〔原文〕

晋平公问于祁黄羊曰[1]："南阳无令[2]，其谁可而为之？"祁黄羊对曰："解狐可。"平公曰："解狐非子之仇邪？"对曰："君问可，非问臣之仇也。"平公曰："善。"遂用之，国人称善焉。

居有间，平公又问祁黄羊曰："国无尉[3]，其谁可而为之？"对曰

"午④可。"平公曰:"午非子之子邪?"对曰:"君问可,非问臣之子也。"平公曰:"善。"又遂用之,国人称善焉。

孔子闻之曰:"善哉,祁黄羊之论⑤也,外举不避仇,内举不避子,祁黄羊可谓公矣!"

——《吕氏春秋·去私》

〔注释〕

①晋平公:晋国国君,公元前557—前532年在位。祁黄羊:祁奚,字黄羊,春秋时晋国大夫。

②南阳:晋国地名,在今河南济源、焦作、获嘉一带。因位于太行山以南、黄河以北,故称。令:县令。

③国:京城。尉:古代武官名。

④午:祁黄羊的儿子祁午。

⑤论:言论。

身居相位，不谋新居

晏婴是齐国的国相。一天，齐景公对晏婴说："你住的房子靠近市场，低洼狭小又潮湿，而且整天喧闹不堪，不能居住，给你换套好房子，搬到地势高爽明亮又僻静的地方去怎么样？"晏子婉言谢绝说："先祖住在这里，我这个不能继承祖位的人也在这里，已经过分了。而且我靠近市场，早晚买东西也很便利，怎么能麻烦国家出钱给我造新房子呢？"景公笑着问道："你靠近市场，知道市场的行情吗？"晏子回答："它给我提供了不少便利，哪能不知道呢？"景公问："什么东西贵，什么东西贱啊？"因为当时齐景公滥施严刑峻法，很多人被砍掉腿脚，因此卖假腿的很多。所以晏子回答说："鞋贱，假腿贵。"齐景公听了晏子说的情况后，就减省了刑罚，受到百姓的欢迎。

后来，晏婴出使晋国，齐景公趁这时给他新造了住宅。等晏婴回来，新房已经盖好，晏婴拜谢了齐景公，然后让人把新房子拆掉，恢复原貌，让搬走的人家都搬了回来，自己仍旧住在那低湿喧闹的地方。齐景公开始不同意，后来晏婴通过陈桓子代为请求，齐景公才允许晏婴搬回老地方。

〔原文〕

　　初，景公欲更①晏子之宅，曰："子之宅近市，湫隘②嚣尘，不可以居，请更诸爽垲③者。"辞曰："君之先臣④容焉，臣不足以嗣⑤之，于臣侈矣。且小人近市，朝夕得所求，小人之利也。敢烦里旅⑥？"公笑曰："子近市，识贵贱乎？"对曰："既利之，敢不识乎？"公曰："何贵何贱？"是时也，景公繁于刑⑦，有鬻踊者⑧。故对曰："踊贵屦贱⑨。"既已告于君，故于叔向语而称之。景公为是省于刑。……及晏子如⑩晋，公更其宅，反⑪则成矣。既拜，乃毁之而为里室，皆如其旧。则使宅人反之。……卒复其旧宅。公弗许，因陈桓子以请，乃许之。

——《左传·昭公三年》

〔注释〕

①更（gēng）：改变，改换。

②湫隘（jiǎo ài）：低洼狭小。

③爽垲（kǎi）：地势高而干燥。

④先臣：指先王之臣，晏子的祖辈。

⑤嗣：接续，继承。

⑥里旅：众人。

⑦刑：刑罚。

⑧鬻（yù）：卖。

⑨踊贵屦贱：踊：古代受过刖刑的人所穿的鞋子。屦（jù）：麻、葛制成的单底鞋。受刖刑断脚的刑罚的人很多，致使市场上鞋子跌价，而踊价上涨。

⑩如：往，出使。

⑪反：同"返"。

曾子杀猪

一天,曾子的妻子要到市场上去,她的儿子哭闹着,要跟母亲一起去。曾子妻子哄他说:"你先回去吧,等我一回来,就给你杀猪吃。"曾子妻子从市场上回来的时候,看见丈夫正要抓猪,准备杀掉。妻子急忙制止说:"我只不过是和孩子说说罢了。"曾子说:"你不应该和孩子说假话。孩子还小,不懂事,处处都是向父母学的,一切听从父母的教育。今天你欺骗孩子,就是教孩子学你的样子说谎骗人。做母亲的欺骗孩子,孩子就不会相信他的母亲,这样是不能教育好孩子的。"于是,曾子杀了那头猪,煮了肉给孩子吃。

〔原文〕

曾子之妻之市①,其子随之而泣。其母曰:"女②还,顾反为女杀彘③。"妻适④市来,曾子欲捕彘杀之,妻止之曰:"特与婴儿戏耳。"曾子曰:"婴儿非与戏也。婴儿非有知也,待父母而学者也,听父母之教。今子欺之,是教子欺也。母欺子,子而不信其母,非所以成教也。"遂烹彘也。

——《韩非子·外储说左上》

〔注释〕

①曾子：春秋末鲁国南武城（今山东费县）人，名参。孔子的学生，被后人尊为"宗圣"，曾提出"吾日三省吾身"的修养方法。之市：到市场去。

②女：同"汝"。

③顾反：回返。彘（zhì）：猪。

④适：往，去。

公孙仪拒收鱼

公孙仪在鲁国当宰相,他很喜欢吃鱼。很多人知道后,就争抢着买鱼进献给他。可是他从不接受。

有一天他的弟子和公孙仪谈到这个问题,劝他说:"您这样喜欢吃鱼,人家给您,您不要,这是为什么呢?"公孙仪风趣地回答说:"正因为我爱吃鱼,所以我才不接受他们的鱼。如果我收了人家的鱼,必然有卑下低人的样子。有卑下低人的样子,自然做宰相就不能按法律办事。如果不执法如山,就没尽到我的职责,势必要被免掉宰相的职务。虽然我爱吃鱼,送鱼的人看到我下台了,就不会再给我送鱼了。我自己又买不起鱼,那时想吃也吃不到了。现在,我不接受别人送给我的鱼,很好地担任宰相的职务,就不会被免职,虽然特别喜欢吃鱼,靠我的俸禄,也可以长久地吃到鱼。"

〔原文〕

公孙仪相鲁而嗜鱼①,一国尽争买鱼而献之,公仪子不受。其弟子谏曰:"夫子嗜鱼而不受者,何也?"对曰:"夫唯②嗜鱼,故不受也。夫即受鱼,必有下人之色③;有下人之色,将枉于法④;枉于法则免于相。虽嗜鱼,彼必不能长给我鱼,我又不能自给鱼。即无受鱼而不免于相,虽嗜鱼,我能长自给鱼。"

——《韩非子·外储说右下》

〔注释〕

①公孙仪:春秋时鲁穆公的宰相。《史记·循吏列传》作公仪休。嗜鱼:爱吃鱼。

②夫,助词。唯:只,只因为。

③下人之色:指有卑下低人的样子。下人:居于人后。

④枉于法:歪曲和破坏法律。

腹䵍杀子奉法

战国时期墨家学派的首领腹䵍居住在秦国，他的儿子杀了人犯了法。秦惠王召见腹䵍，对他说："您的年纪已经很大了，仅有这一个儿子，我已经命令下边的官吏，放掉您的儿子，不处以死刑，这回您就听我的吧！"腹䵍回答说："墨家的法规规定：'杀人要偿命，伤人要受到刑罚。'目的是不让人随便杀人、伤人。禁止随意杀人、伤人，是天下的大义。您虽然特赦我儿子，下令不杀他，但是，我腹䵍不可不行墨家的法规。"

腹䵍最终没有领受秦惠王的好意而把自己的儿子杀了。儿子，是人们所偏爱的，忍心割舍自己所偏爱的而推行大义，腹䵍称得上大公无私了。

〔原文〕

墨者有巨子腹䵍①，居秦，其子杀人，秦惠王曰："先生之年长矣，非有他子也，寡人已令吏弗诛②矣。先生之以此听寡人也。"腹䵍对曰："墨者之法③曰：'杀人者死，伤人者刑④。'此所以禁杀伤人也。夫禁杀伤人者，天下之大义也。王虽为之赐，而令吏弗诛，腹䵍不可不行墨子之法。"不许惠王，而遂⑤杀之。子，人之所私也，忍所私以行大义，巨子可谓公矣。

——《吕氏春秋·去私》

〔注释〕

①墨者：指墨家学派。巨子：战国时对墨家领袖的尊称。

②弗诛：不杀。

③墨子之法：墨家学派的法规。

④刑：受刑。

⑤遂：于是。

王陵母寄语使者

王陵是江苏沛县人,起初是县中豪强,刘邦未显贵时,曾经像对待兄长那样侍奉过他。后来刘邦在沛县起义,率军攻入咸阳,王陵也聚集了一千余人,在南阳一带活动,不肯追随刘邦。直到刘邦从巴蜀、汉中地区引兵还击项羽,王陵才领兵归属了汉王。

项羽把王陵的母亲抓来关在军中,王陵派使者去见老母,项羽把王陵母亲安排在主人席位上,想以此招抚王陵。王陵母亲私下送别使者,流着眼泪说:"请您替我捎话给儿子,要他好好侍奉汉王刘邦。刘邦是位忠厚长者,叫王陵不要因为我而三心二意,我不惜一死送您,以坚定他的信念。"于是伏剑而死。项王非常恼怒,残忍地烹煮了她的遗体。

王陵最后随从刘邦打下了江山。

〔原文〕

王陵①,沛人也。始为县豪,高祖微时兄事陵②。及高祖起沛,入咸阳③,陵亦聚党数千人,居南阳,不肯从沛公。及汉王之还击项籍④,陵乃以兵属汉。项羽取陵母置军中,陵使至,则东向坐陵母,欲以招陵。陵母既私送使者,泣曰:"愿为老妾语陵,善事汉王。汉王长者,毋以老妾故持二心。妾以死送使者。"遂伏剑而死。项王怒,亨⑤陵母,陵卒从汉王定天下。

——《汉书·王陵传》

〔注释〕

①王陵：汉初大臣。西汉沛县（今属江苏徐州市）人。汉高祖夺天下，以功封安国侯，后为右丞相。

②高祖：汉高祖刘邦，字季，沛县人。参加秦末农民起义，与项羽领导的起义军同为反秦主力。项羽入关，大封诸侯王，刘邦被封为汉王。在楚汉战争中战胜项羽，即皇帝位，建立汉朝。微时：微贱之时，指未显贵时。

③咸阳：在今陕西咸阳市东北。

④项籍：字羽，下相（治所在今江苏宿迁西南）人。秦末随叔父项梁起义，后自立为西楚霸王。在楚汉战争中，为刘邦击败，自刎而死。

⑤亨（pēng）：通"烹"，古代以鼎镬煮杀人的酷刑。

朱买臣夫妇

朱买臣，字翁子，吴县（今江苏省苏州市）人。他家里很穷，但他很喜欢读书，由于不懂治产谋生，只得常常去砍柴，靠卖柴为生来填饱肚子。

朱买臣挑着两捆柴，一边走一边还背诵文章。他的妻子也背着柴跟在后面，几次三番劝他不要在路上朗读。朱买臣却愈加提高了嗓门，妻子觉得这是羞耻的事，便要求离婚。朱买臣笑着说："我五十岁时会享荣华富贵，现在已经四十多了。你跟随我过苦日子很久了，等我富贵了就报答你。"妻子恨恨地说："像你这样的人，到最后免不了饿死在沟中，哪里能够富贵呢？"朱买臣留不住她，就同意她离婚走了。

后来，朱买臣一个人在路上朗读，背着柴经过墓地。正好他原来的妻子和丈夫一起来上坟，看见朱买臣饥寒潦倒，就招呼他过来，供他吃饭。

几年以后，朱买臣作为上计吏的吏卒，随同上计吏押车一起到了首都长安，就乘机向朝廷上书，但很久也未得到回信。等了很久，钱粮都用光了，那些吏卒只得想办法求食谋生。正好朱买臣的同乡严助这时得到皇帝的宠幸，严助就将朱买臣推荐给汉武帝。被召见时，朱买臣为汉武帝讲说《春秋》《楚辞》，汉武帝听了很高兴，任他为中大夫,和严助一起侍奉在皇帝左右,后又任命他为会稽郡太守。

郡里听说太守快要到了,发动老百姓修路,县里的官吏送往迎来,随从的车有一百多辆。进入吴地之后,朱买臣看见他原先的妻子和其丈夫正在修路。就停下车来,把他俩载在后面的车上,一起到了太守的官舍,把他俩安置在园中,并供给食物。过了一个月,他原先的妻子感到十分羞愧,上吊自杀了。朱买臣给她的丈夫不少钱,让他好好埋葬妻子。后来,朱买臣又召见那些曾供给他饮食、对他有恩的人,一一报答他们的恩情。

〔原文〕

朱买臣字翁子①,吴人也。家贫,好读书,不治产业,常艾②薪樵,卖以给食。担束薪,行且诵书。其妻亦负戴③相随,数止买臣毋歌呕④道中。买臣愈益疾歌,妻羞之,求去。买臣笑曰:"我年五十当富贵,今已四十余矣。女⑤苦日久,待我富贵报女功。"妻恚怒曰:"如公等,终饿死沟中耳,何能富贵?"买臣不能留,即听去。其后,买臣独行歌道中,负薪墓间。故妻与夫家俱上冢⑥,见买臣饥寒,呼饭饮之。

后数岁,买臣随上计吏⑦为卒,将重车至长安,诣阙上书,书久不报。待诏公车,粮用乏,上计吏卒更乞丐之⑧。会邑子⑨严助贵幸,荐买臣,召见,说《春秋》⑩,言《楚词》⑪,帝甚说之,拜买臣为中大夫,与严助俱侍中⑫。……上拜买臣会稽太守⑬。……会稽闻太守且至,发民除道⑭,县吏并送迎,车百余乘。入吴界,见其故妻,妻夫治道。买臣驻车,呼令后车载其夫妻,到太守舍,置园中,给食之。居一月,妻自经死⑮,买臣乞其夫钱,令葬。悉召见故人与饮食诸尝有恩者,皆报复焉。

——《汉书·朱买臣传》

〔注释〕

①朱买臣：字翁子，吴县（今属江苏省苏州市）人。汉武帝时历任会稽太守、主爵都尉。

②艾（yì）：通"刈"，割。

③负戴：背负头顶，指辛勤劳作。这里指背柴。

④歌讴（ōu）：讴，通"讴"，歌唱。古人朗读文章，讲究声调，就好像唱歌。

⑤女：通"汝"，你。

⑥上冢（zhǒng）：上坟。

⑦上计吏：汉代年终考核地方官员时，由县令（长）将该县的户口、垦田、钱谷出入等编为计簿，呈送郡国和朝廷。凡入京执行上计的人员称上计吏。

⑧乞丐：求食。

⑨邑子：同邑的人。

⑩《春秋》：编年体春秋史。相传为孔子依据鲁国史官所编《春秋》加以整理修订而成。

⑪《楚词》：即《楚辞》。战国楚人屈原、宋玉等写的具有浓厚地方色彩的辞赋，故名《楚辞》。

⑫侍中：出入宫廷，侍奉皇帝左右。

⑬会稽：治所在吴县（今江苏省苏州市）。

⑭除道：修治道路。

⑮自经：自缢，吊死。

隽不疑母亲的喜怒

汉昭帝即位后,提拔隽不疑担任京兆尹,赏赐给他一百万钱。京城长安的官吏,老百姓都很敬重他的威信。隽不疑常到下属各县去视察监狱,审查有无冤假错案,每次回来,他的母亲就问:"这次审查案情,有没有平反那些冤假错案,救活了几个人啊?"如果隽不疑平反得多,他的母亲就很高兴,笑颜常开,吃饭讲话都和平时大不相同。如果没有人放出来,他的母亲就很不高兴,饭也不吃了。所以隽不疑处理政事,严厉而不残酷。

〔原文〕

(隽不疑)擢为京兆尹①,赐钱百万。京师②吏民敬其威信。每行县录囚徒还③,其母辄问不疑:"有所平反,活几何人?"即不疑多有所平反,母喜笑,为饮食语言异于他时;或无所出,母怒,为之不食。故不疑为吏,严而不残。

——《汉书·隽不疑传》

〔注释〕

①隽不疑:字曼倩,西汉渤海(属今河北沧州市)人。武帝末,任青州刺史。昭帝时,迁京兆尹。京兆尹:汉代地方官名,主管长安

及其附近。

②京师：首都。

③行县：出行各县。录囚徒：省察记录囚徒的罪状。

遗子黄金满筐，不如一经

韦贤为人很质朴，欲望不多，专心学习，儒家五部经典著作中，他精通《礼记》《尚书》和《诗经》，被人称为山东大儒。后来，他被朝廷任命为博士，担任给事中的官，专门给汉昭帝讲授《诗经》，并升任光禄大夫詹事和九卿之一的大鸿胪。汉宣帝本始三年（公元前71年），又替代蔡义做了丞相，封为扶阳侯，享有每年七百户的租税。

韦贤有四个儿子。长子韦方山曾做高寝县令，死得较早；次子韦弘，官至东海太守；第三个儿子韦舜，没有出去做官，留在家乡看守祖先的坟墓；最小的儿子韦玄成，精通儒家经典，也和韦贤一样，官至丞相。所以山东一带有一句谚语说："留给儿子满筐的黄金，不如教会儿子一部儒家经典。"

〔原文〕

贤①为人质朴少欲，笃志②于学，兼通《礼》《尚书》③，以《诗》④教授，号称邹鲁⑤大儒。征为博士，给事中⑥，进授昭帝《诗》，稍迁光禄大夫詹事⑦，至大鸿胪⑧。……本始三年，代蔡义为丞相，封扶阳侯，食邑七百户。……

贤四子：长子方山为高寝令，早终；次子弘，至东海太守；次子舜，留鲁守坟墓；少子玄成，复以明经历位至丞相。故邹鲁谚曰：

"遗子黄金满籯⑨,不如一经。"

——《汉书·韦贤传》

〔注释〕

①贤:韦贤,字长孺,西汉邹(今山东邹平市)人。汉昭帝的老师,官至丞相。

②笃志:志向专一。

③《礼》《尚书》:都是儒家经典。

④《诗》:即《诗经》,我国古代第一部诗歌总集。

⑤邹鲁:泛指山东一带。

⑥给事中:是将军、列侯、九卿,以至黄门郎、谒者等的加官,都给事殿中,备顾问应对,讨论政事。

⑦詹事:职掌皇后、太子家事的官员。

⑧大鸿胪:汉代九卿之一,原掌管少数民族地区事务,后逐渐变为赞襄礼仪的官。

⑨籯(yíng):竹笼。

糟糠之妻不下堂

汉光武帝的姐姐湖阳公主新近守寡,光武帝跟她一起谈论朝廷大臣,想悄悄地观察她对谁有意。湖阳公主说:"宋弘的仪表容貌,道德器度,群臣中没有人及得上他。"光武帝说:"我来筹划这件事。"后来宋弘受到召见,光武帝叫湖阳公主坐在屏风后面窃听。光武帝对宋弘说:"俗话说,'地位高了换朋友,富裕了就要另娶妻子',这是人之常情吗?"宋弘回答说:"我听说,贫穷时候的朋友不能忘,一块吃过苦的老婆不可抛。"光武帝回头对湖阳公主说:"看来事情办不成了。"

〔原文〕

时帝姊湖阳公主新寡①,帝与共论朝臣,微观其意。主曰:"宋公②威容德器,群臣莫及。"帝曰:"方且图之③。"后弘被引见,帝令主坐屏风后,因谓弘曰:"谚言'贵易④交,富易妻',人情乎?"弘曰:"臣闻贫贱之知⑤不可忘,糟糠之妻不下堂⑥。"帝顾谓主曰:"事不谐⑦矣。"

——《后汉书·宋弘传》

〔注释〕

①帝:汉光武帝,东汉王朝的建立者。湖阳公主:汉光武帝的

姐姐。

②宋公：宋弘，字仲子，京兆长安（今陕西西安）人。汉光武帝时任太中大夫、大司空，封枸邑侯，后又改封宜平侯。

③方且：将要。图：谋划。

④易：换。

⑤知：知己。

⑥糟糠之妻：一同吃过糟糠的妻子，指在贫贱时共患难的妻子。糟：酒渣。糠：谷皮。下堂：离开堂屋，意思是休妻。

⑦不谐：不成。

马援《诫兄子书》

东汉时,伏波将军马援有两个侄子,叫马严和马敦。这两人喜欢讥讽和议论别人,并爱和侠客交游。马援在交阯军中得知这一情况,便写了一封信,谆谆教诲他们说:

"我希望你们听到别人的过失,像听到自己父母的名字一样,耳朵可以听,嘴上却不能说。喜欢议论别人的长短,对时事政治轻率地乱加评论,这是我深恶痛绝的,我宁死也不愿意听到子孙有这样的行为。你们知道我非常厌恶这种行径,我这里重申,只是像女子出嫁时父母的嘱托一样,希望你们不要忘掉我的嘱托罢了。龙伯高为人厚道谨慎,出口皆合道理,谦虚节俭,廉洁奉公而有威望,我很敬爱他,尊重他,希望你们学他。杜季良豪侠仗义,能为人分忧,与人同乐,不论好人坏人,他都能交上朋友,他给父亲办丧事的时候,到的客人不知有多少,我也很敬重他,但是不希望你们学他。你们如学龙伯高不成,还能不失为一个忠厚谦谨的人,就像俗话说的雕刻天鹅,刻得不像还像只野鸭子,这总算还好。但是,你们如学杜季良不成,那就反而会堕落为天下的轻浮子弟,所谓画虎不成反像狗了。"

〔原文〕

初,兄子严、敦①并喜讥议,而通轻侠客。援前在交阯②,还书诫之曰:"吾欲汝曹③闻人过失,如闻父母之名,耳可得闻,口不可得言也。好论议人长短,妄是非④正法,此吾所大恶也,宁死不愿闻子孙有此行也。汝曹知吾恶之甚矣,所以复言者,施衿结缡⑤,申父母之戒,欲使汝曹不忘之耳。龙伯高⑥敦厚周慎,口无择言⑦,谦约节俭,廉公有威,吾爱之重之,愿汝曹效之。杜季良⑧豪侠好义,忧人之忧,乐人之乐,清浊无所失⑨,父丧致客,数郡毕至,吾爱之重之,不愿汝曹效也。效伯高不得,犹为谨敕⑩之士,所谓刻鹄不成尚类鹜者也⑪。效季良不得,陷⑫为天下轻薄子,所谓画虎不成反类狗者也。"

——《后汉书·马援传》

〔注释〕

①严、敦:马严、马敦。两人都是马援的侄子。

②援:马援,字文渊,扶风茂陵(今陕西兴平东北)人。东汉初年名将,南征北战,屡立战功,任伏波将军,封新息侯。交阯:汉武帝所置十三刺史郡之一。辖境相当今广东、广西的大部和越南的北部、中部。

③汝曹:尔辈,你们。

④是非:褒贬、评论。

⑤施衿(jīn)结缡(lí):衿:衣服的斜领。缡:佩巾。古代女子出嫁,父母送行时将佩巾结在女儿身上。

⑥龙伯高:龙述,字伯高,当时为山都长,后拜零陵(今湖南零陵区北)太守。

⑦口无择言:出口皆合道理,无须选择。

⑧杜季良:杜保,字季良,当时为越骑司马。

⑨清浊无所失:交友不分好坏。

⑩谨敕(chì):谨慎。

⑪鹄:天鹅。类:类似,像。鹜(wù):野鸭。

⑫陷:沦落、堕落。

贵宠过盛,即为祸患

樊宏是东汉光武帝的舅舅,为人谦和谨慎,不苟且贪图升官发财。他常常告诫儿子们说:"过分的富贵,没有一个能得到好结果。我并不是不喜欢荣华富贵、权势显赫,但是天道厌恶骄傲自满,喜欢谦虚,以前那些皇亲国戚的下场都是明确值得借鉴的。一个人能够保全自身,难道不是很快乐的事吗?"

在父亲的影响下,他的儿子樊鯈也继承了这种谦虚谨慎的作风。后来,弟弟樊鲔要为自己的儿子樊赏娶楚王刘英的女儿敬乡公主做媳妇,樊鯈知道以后,劝阻说:"光武帝时,我家受到特殊的宠爱,一门中有五人被封为诸侯。当时皇帝还说过一句话,说我家的女儿可以配王,儿子可以娶公主为妻,但考虑到过分尊贵得宠会造成祸患,所以不那样做。况且你现在只有一个儿子,为什么一定要和楚王联姻呢?"樊鲔不听从樊鯈的劝告,还是为儿子娶了敬乡公主。后来,楚王刘英谋反的事情被发现,樊鲔一家受到牵连。汉明帝考虑到樊鯈为人谨慎,又听说他曾劝阻过这门婚事,因此他的几个儿子都没有获罪。

〔原文〕

宏①为人谦柔畏慎,不求苟进②。常戒其子曰:"富贵盈溢③,未有能终者。吾非不喜荣势也,天道恶满而好谦,前世贵戚皆明戒也。保身全己,岂不乐哉!"……儵④字长鱼,谨约有父风。……其后弟鲔为子赏求楚王英女敬乡公主,儵闻而止之,曰:"建武⑤时,吾家并受荣宠,一宗五侯。时特进一言,女可以配王,男可以尚主⑥,但以贵宠过盛,即为祸患,故不为也。且尔一子,奈何弃之于楚乎?"鲔不从。……其后楚事⑦发觉,帝⑧追念儵谨恪,又闻其止鲔婚事,故其诸子得不坐⑨焉。

——《后汉书·樊宏传》

〔注释〕

①宏:樊宏,字靡卿,东汉湖阳(今河南唐河县西南)人。光武帝的舅舅,官至光禄大夫,封寿张侯。

②苟进:苟且求进。

③盈溢:满出,过分。

④儵(tiáo):樊儵,字长鱼。樊宏的儿子,任长水校尉,徙封燕侯。

⑤建武:汉光武帝年号。

⑥尚主:娶公主为妻。

⑦楚事:楚王刘英是汉光武帝刘秀的儿子,汉明帝时,他勾结方士造金龟、玉鹤和符瑞,被人告发企图谋反,后自杀。

⑧帝:指汉明帝。

⑨坐:因犯法而获罪。

郑均劝兄不受贿

郑均字仲虞,东平任城人。他年轻时喜欢读黄老一派的著作。郑均的哥哥在县里当小官,收了不少礼,郑均几次三番规劝他不要接受贿赂,他的哥哥还是不听。郑均就一个人离家出走,替人家去做佣工。一年之后,他把做工得到的钱和布帛拿回家里,全部交给了哥哥,语重心长地劝哥哥说:"财物用完了可以再次得到,如果做官犯了贪污罪,一旦查出来,那一辈子就完了。"他的哥哥为他的言行所感动,从此以后遵守法纪,廉洁奉公。

郑均做事讲信义,行为诚实,他的哥哥死后,他担起了照顾守寡嫂子和抚养侄子的责任,对嫂子十分敬重,对侄子也很疼爱,给予她们无微不至的关怀。

〔原文〕

郑均字仲虞,东平任城①人也。少好黄老书②。兄为县吏,颇受礼遗,均数谏止,不听。即脱身③为佣,岁余,得钱帛,归以与兄。曰:"物尽可复得,为吏坐臧④,终身捐弃⑤。"兄感其言。遂为廉洁。均好义笃实⑥,养寡嫂孤儿,恩礼敦至。

——《后汉书·郑均传》

〔注释〕

①东平任城：今山东济宁市。

②黄老书：黄帝和老子一派的著作，指道家学派著作。

③脱身：抽身。

④坐臧（zāng）：因贪污而获罪。臧：通"赃"。

⑤捐弃：舍弃。

⑥笃（dǔ）实：诚笃，忠实。

杨震以清白传后人

荆州刺史杨震调任东莱太守,在赴任途中,路过昌邑县。昌邑县县令王密原来是由杨震推荐做官的。夜里,王密怀中揣着十斤金子来拜见杨震。俩人叙旧之后,王密拿出黄金送给杨震。杨震说:"过去我举荐你,是因为我了解你的为人,可是,你怎么就不了解我的为人呢?"王密说:"半夜三更没有人知道,您就收了吧。"杨震严肃地说:"天知,地知,我知,你知,怎么能说没有人知道呢?"王密被说得面红耳赤,只得拿起黄金,惭愧地走了。

后来,杨震转任涿郡太守。他任太守多年,廉洁奉公。子孙吃的是素菜淡饭,出门靠步行。有几个老朋友劝他说:"为了子孙后代,您也该多少为他们置办一点产业呀。"杨震不肯,说:"让我的后代被人称为清白官吏的子孙,把这份遗产留给他们,不也是很丰厚的吗!"

〔原文〕

当之郡①,道经昌邑②,故所举荆州茂才王密为昌邑令③,夜怀金十斤以遗震④。震曰:"故人知君,君不知故人,何也?"密曰:"暮夜无知者。"震曰:"天知,地知,我知,子知,何谓无知者?"密愧而出。后转涿郡太守⑤。性公廉,子孙常蔬食⑥、步行;故旧⑦或欲令为开产业，震不肯，曰："使后世称为清白吏⑧子孙，以此遗之，不亦厚乎！"

——《资治通鉴》卷 49 永初四年

〔注释〕

①之郡：之：往、到。郡：指东莱郡，杨震到那里任太守。

②昌邑：在今山东巨野东南。

③举：举荐、推荐。荆州：汉置十三州之一。茂才：即秀才。东汉时，为避光武帝刘秀的名讳，改称茂才。是汉代举用人才的一种科目。

④震：杨震，字伯起，弘农华阴（今属陕西）人。博览群书，有"关西孔子"之称。历任荆州刺史、涿郡太守、司徒、太尉等职。

⑤转：调任。涿郡：治所在今河北涿州市。

⑥蔬食：素菜淡饭。

⑦故旧：旧交，老朋友。或：有人。

⑧清白吏：清官。

赵苞母勉子杀敌

赵苞升任辽西太守,为人高尚正直,十分威严,名传四方。他到任的第二年,派遣使者到家乡把母亲和妻子接来。一行人将要到辽西郡的时候,途经柳城,不料正逢一万多鲜卑军队进犯边塞。赵苞的母亲和妻子都被俘,成了人质,被押在车上与鲜卑军队一起来攻打郡城。

赵苞率领着步兵和骑兵共两万人,和鲜卑军队摆开阵势。鲜卑军队把赵苞的母亲押到阵前,企图动摇汉军的军心,赵苞悲泣呼号着对母亲说:"我做儿子的没做好,原想把您接来,用我微薄的俸禄来供养您,想不到反而使您老人家遭祸。尽管我俩是母子关系,但现在我身为国家大臣,根据道义,我不能光顾私情,败坏忠节,只有冒死进攻,否则无法抵消我的罪责。"他的母亲远远地对赵苞说:"苞儿,人生各有命,你怎能光顾私情,亏损忠义!以前汉代王陵的母亲宁可伏剑而死,以坚定王陵为汉效劳的志向,你就以此激励自己吧。"

赵苞听了母亲的话,立刻发动进攻,摧毁了敌军,但是他的母亲和妻子却被敌人杀害了。

〔原文〕

(赵苞)迁辽西太守①。抗厉②威严,名振边俗。以到官明年,遣使迎母及妻子,垂当③到郡,道经柳城④,值鲜卑万余人入塞寇钞⑤,

苞母及妻子遂为所劫质⑥，载以击郡。苞率步骑二万，与贼对阵。贼出母以示苞，苞悲号谓母曰："为子无状，欲以微禄奉养朝夕，不图为母作祸。昔为母子，今为王臣，义不得顾私恩，毁忠节，唯当万死，无以塞罪⑦。"母遥谓曰："威豪，人各有命，何得相顾，以亏忠义！昔王陵母对汉使伏剑，以固其志，尔其勉之。"苞即时进战，贼悉摧破，其母妻皆为所害。

——《后汉书·赵苞传》

〔注释〕

①赵苞：字威豪，东汉东武城（今河北故城县）人，官至辽西太守。

②抗厉：高尚严正。

③垂当：将近。

④柳城：治所在今辽宁朝阳市南。

⑤值：逢着。寇钞：攻劫掠夺。

⑥劫质：劫持人质，借以勒索。

⑦塞罪：抵消罪责。

袁闳埋姓探父

袁闳字夏甫,是袁彭的孙子。他从小注意修养身心,道德情操高尚。他的父亲袁贺担任彭城相。袁闳去探望父亲,为了不让人知道他是袁贺的儿子,就换姓改名,一个人步行至彭城。

到了官府门口,看门的小吏不知道他是谁,一连好几天都不给他通报。后来袁闳的乳母出来,看到他在门外,大吃一惊,进去告诉了他的母亲,才秘密地叫他进去会见。不久,袁闳告辞离开,父亲袁贺想派一辆车送他走,袁闳声称自己有头晕病,不肯乘车,仍然步行回家,他探亲的事一郡之人都不知道。

袁闳看到当时天下大乱,而自己的家族财大势大,常常感叹地对兄弟们说:"托祖宗先人的福,我们才能享受荣华富贵,如果后代不能用德来守住它,而是竞相骄奢淫逸,在乱世中争权夺利,那么就会像春秋时代晋国的郤氏家族那样,结果免不了覆灭。"

〔原文〕

闳①字夏甫,彭②之孙也。少励操行,苦身修节。父贺,为彭城相。闳往省谒③,变名姓,徒行无旅。既至府门,连日吏不为通,会阿母④出,见闳惊,入白夫人,乃密呼见。既而辞去,贺遣车送之,闳称眩疾⑤不肯乘,反,郡界无知者。……闳见时方险乱,而家门富盛，常对兄弟叹曰："吾先公福祚⑥，后世不能以德守之，而竞为骄奢，与乱世争权，此即晋之三郤⑦矣。"

——《后汉书·袁闳传》

〔注释〕

①闳：袁闳，字夏甫，东汉汝阳（今河南省商水县西北）人。

②彭：袁彭，字伯楚，历任广汉太守、南阳太守、光禄勋、议郎等职，为官清廉。

③省（xǐng）谒：探望，问候。

④阿母：乳母。

⑤眩（xuàn）疾：头晕眼花病。

⑥祚（zuò）：福。

⑦三郤：春秋时晋国大夫郤犨、郤至、郤锜，是晋国的大族，三人最终都被晋厉公所杀。

羊续悬鱼于庭

羊续祖上七代都是享受二千石俸禄的高官，他的祖父羊侵官至司隶校尉，父亲羊儒在汉桓帝时任太常。

汉灵帝时，羊续任南阳太守。当时，那些权势显赫的豪门世家讲究排场，奢侈腐化。羊续对这种不良的社会风气非常反感。他做官两袖清风，经常穿的是旧衣服，吃得很简单，出门的马车也很破旧，拉车的马也很瘦弱。

一天，郡丞提着一条大鲤鱼，亲自送到羊续家中。等郡丞走后，羊续让人用麻绳把鱼拴好，悬挂在厅堂的房檐下边。过了不久，郡丞又提着一条大鱼来拜望羊续，羊续就从房檐取下那条干枯的鱼，郡丞满面羞愧，提着鱼狼狈而退。

有一回，羊续的妻子从家乡带着儿子羊秘一起来官府找他，羊续不让他俩到自己的住处去。于是，妻子私下领着儿子到了羊续的住处，俩人进屋一看，屋里陈设十分简单，只有一床布被，一些破旧的衣服，几斗麦子和一点盐。羊续回来以后，回头对儿子羊秘说："你都看到了，我自己的生活这样清贫，还能拿什么来资助你母子俩呢？"就打发他们母子二人回家去了。

〔原文〕

羊续①字兴祖,太山平阳人也。其先七世二千石卿校。祖父侵,安帝时司隶校尉②。父儒,桓帝时为太常③。……时权豪之家多尚④奢丽,续深疾之,常敝衣薄食,车马羸败。府丞尝献其生鱼,续受而悬于庭;丞后又进之,续乃出前所悬者以杜⑤其意。续妻后与子秘俱往郡舍,续闭门不内⑥,妻自将⑦秘行,其资藏唯有布衾、敝祇裯⑧,盐、麦数斛⑨而已,顾敕秘曰:"吾自奉若此,何以资尔母乎?"使与母俱归。

——《后汉书·羊续传》

〔注释〕

①羊续:字兴祖,东汉平阳(今山西临汾西南)人。官至庐江太守、南阳太守,后为太常。

②司隶校尉:东汉时,司隶校尉掌纠察京师百官之责。

③太常:九卿之一,掌祭祀礼乐。

④尚:崇尚。

⑤杜:杜绝。

⑥内:通"纳"。

⑦将:带。

⑧布衾:布被。祇裯(dī dāo):短衣、汗衫之类。

⑨斛(hú):量器。古代以十斗为一斛。

顾雍教孙要恭谨

三国时,吴国国君孙权将侄女嫁给顾家的外甥,所以请丞相顾雍父子两人和孙子顾谭出席婚礼。当时顾谭已担任选曹尚书,官高权重。那天,孙权极为高兴。顾谭喝醉了,酒后失态,在宴会上三次起舞,醉醺醺地不能控制自己。顾雍心中很不高兴。

第二天,顾雍把顾谭找来,斥责他说:"国君宽宏大量是德,臣子应当恭敬谨慎。以前汉朝的大臣萧何与吴汉都有大功,但是萧何每次见汉高祖刘邦,就好像不会讲话似的,吴汉对待汉光武帝也十分恭谨。你对国家难道有什么汗马功劳,有什么可以记载的事吗?只不过因为我家门户的关系,才受到宠任,怎么能在酒席上起舞还不知道停止呢?尽管这是酒后失态,但也是倚仗皇恩,忘了恭敬,不够谦虚的表现。将来给我家带来祸害的肯定是你了。"顾雍说完,就背身朝墙躺着,顾谭立在床前思过,好久顾雍才打发他走。

〔原文〕

权①嫁从女,女②顾氏甥;故请雍③父子及孙谭,谭时为选曹尚书④,见任贵重。是日,权极欢。谭醉酒,三起舞,舞不知止。雍内怒之。明日,召谭,诃责⑤之曰:"君王以含垢⑥为德,臣下以恭谨为节。昔萧何、吴汉并有大功⑦,何每见高帝,似不能言;汉奉光武,亦信恪勤⑧。汝之于国，宁有汗马之劳，可书之事邪？但阶门户之资，遂见宠任耳，何有舞不复知止？虽为酒后，亦由恃恩忘敬，谦虚不足。损吾家者必尔也。"因背向壁卧，谭立过一时，乃见遣。

——《三国志·顾雍传》

〔注释〕

①权：孙权，字仲谋，三国时吴国的建立者，229年—252年在位。从女：兄弟的女儿，即侄女。

②女：嫁女于人。

③雍：顾雍，字元叹，三国吴郡（今属江苏省苏州市）人。任丞相十九年，封醴陵侯。

④选曹尚书：即吏部尚书。

⑤诃责：斥责。

⑥含垢（gòu）：指国君有容忍的器量。垢：通"诟"，污辱。

⑦萧何：西汉功臣，秦末随刘邦起义，对建立汉朝起了重要作用，后封酂侯。吴汉：东汉功臣，汉光武帝刘秀即位后，任大司马，封广平侯。

⑧恪勤：恭谨勤恳。

王昶替儿侄取名

王昶为人谨慎厚道，替他哥哥的两个儿子取名默、沉，替自己的两个儿子取名浑、深，并写信告诫他们："我用这四个字作你们的名字，是希望你们顾名思义，不敢违背它们的意义。自然界的生物长得快死得也早，晚成的才有好结果。早晨开花的草，傍晚就凋谢零落了，茂盛的松柏，隆冬严寒也不会衰落，因此品行高尚的人告诫自己以孔子阙里的教导为诫而不要急于求成。如果能把屈当作伸，把谦让当作得，把弱小当作强大，做事情很少不成功的。毁谤和赞誉，是导致爱和恨的根源，也是形成祸福的关键。孔子说过：'我待人，曾经诋毁过谁和赞誉过谁呢。'品德高尚的圣人尚且这样，更何况是平庸之辈，怎么能对人轻率地加以毁谤和赞美呢！有人毁谤自己，应当首先从自身方面去考虑。如果自己有可以被毁谤的行为，那么他的话就是说对了；如果自己没有可以被毁谤的行为，那么他的话就是说错了；他说对了自己就不应该埋怨他，他说错了对自己也没有损害，又何必报复呢？谚语说'御寒最好莫过于厚皮袄，制止毁谤最好莫过于加强自我修养'，这话是正确可信的。"

〔原文〕

　　昶①为人谨厚，名其兄子曰默、曰沉，名其子曰浑、曰深，为书戒之曰:"吾以四者为名,欲使汝曹顾名思义②,不敢违越③也。夫物速成则疾④亡,晚就而善终,朝华之草,夕而零落,松柏之茂,隆寒不衰,是以君子戒于阙党⑤也。夫能屈以为伸,让以为得,弱以为强,鲜不遂矣⑥。夫毁誉者,爱恶之原而祸福之机也⑦。孔子曰:'吾之于人,谁毁谁誉。'以圣人之德犹尚为此,况庸庸之徒而轻毁誉哉!人或毁己,当退而求之于身。若己有可毁之行,则彼言当矣;若己无可毁之行,则彼言妄矣。当则无怨于彼,妄则无害于身,又何反报焉!谚曰'救寒莫如重裘⑧,止谤⑨莫若自修',斯言信矣。"

——《资治通鉴》卷73 青龙四年

〔注释〕

①昶:王昶,字文舒,晋阳(今山西晋阳)人。魏明帝时官至司空。

②汝曹:你们。顾名思义:看见名字就想起它的意义。

③违越:违犯,超出。

④疾:快。

⑤戒于阙党:以阙里孔子的教导为戒,做事不要贪图速成。阙党:是孔子居住的阙里。

⑥鲜(xiǎn):少。不遂:不成。

⑦原:根源。机:枢纽、关键。

⑧重裘:厚皮衣。

⑨止谤:制止诽谤。

辛氏送子入蜀

　　羊耽的妻子辛氏，字宪英，陇西人，是魏国侍中辛毗的女儿，聪明而有才识。

　　当时有个叫钟会的人做了镇西将军，宪英对羊耽的侄子羊祜说："钟会为什么要西征呢？"羊祜答道："去灭蜀国吧。"宪英说："钟会这个人平时很放肆，不会长久地寄人篱下，我担心他有政治野心。"钟会将行之时，要求宪英的儿子羊琇做他的幕僚，宪英忧心如焚，叹道："昔日我为国家担忧，想不到今天大难竟然降到我们家里了！"羊琇便向文帝（司马昭）一再请求辞去此行，文帝没有答应。宪英便对儿子说："去吧！小心一点。古代的君子回家总是致力于孝敬父母，外出则尽忠于国家，在职考虑怎样忠于职守，想问题多考虑是否符合道义，不要给父母留下什么忧患。军旅之间唯一可以成事的，就是仁恕二字。"钟会到了蜀国果然反叛，但羊琇最终还是平安而归。

　　羊祜曾经送给宪英一床锦被，宪英嫌它太华丽，便把它反过来盖。她善于识别事物、勤俭节约就是这样。

〔原文〕

　　羊耽妻辛氏，字宪英，陇西①人，魏侍中②毗之女也。聪明有才鉴。……其后钟会③为镇西将军，宪英谓耽从子祜④曰："钟士季何故西出？"祜曰："将为灭蜀⑤也。"宪英曰："会在事纵恣⑥，非持久处下之道，吾畏其有他志也。"及会将行，请其子琇⑦为参军，宪英忧曰："他日吾为国忧，今日难至吾家矣。"琇固请于文帝，帝不听。宪英谓琇曰："行矣，戒之！古之君子入则致孝于亲，出则致节于国，在职思其所司，在义思其所立，不遗父母忧患而已。军旅之间可以济者，其惟仁恕乎！"会至蜀果反，琇竟以全归。祜尝送锦被，宪英嫌其华，反而覆之，其明鉴⑧俭约如此。

——《晋书·羊耽妻辛氏》

〔注释〕

①陇西：郡名。战国时置，因在陇山之西得名，以后辖境屡有变动。三国魏移治襄武（今甘肃陇西南）。

②侍中：为自列侯以下至郎中的加官，无定员。侍从皇帝左右，出入宫廷。初仅伺应杂事，由于接近皇帝，地位渐渐贵重。

③钟会：字士季，三国颍川长社（今河南长葛东北）人。官至司徒，为司马昭重要谋士。景元四年（263年），与邓艾分军灭蜀。次年因谋反被乱军所杀。

④祜：羊祜，字叔子，泰山南城（今山东费县西南）人。累官至尚书左仆射，都督荆州诸军事。

⑤蜀：即三国时的蜀国。

⑥纵恣：放肆。

⑦琇：羊琇，羊祜从弟，字雅舒。因反对钟会谋反，赐爵关内侯，累迁中护军、散骑常侍等。

⑧明鉴：古人称人善于识别事物为明鉴。

丝积厚尘，印封如初

山涛清贫穷困，不能维持生计。皇帝特意给他符契，保证他的生活来源，还赐给他床帐、被褥和坐垫等。

山涛出身于贫穷之家。在他穷困潦倒时，他曾对自己的妻子韩氏说："现在应该咬紧牙关，度过这饥饿贫寒的日子，将来我一定会当上三公。但不知道你现在是否愿意和我一起忍受这艰苦的生活。"他的妻子很贤明，和山涛没二心。后来，山涛果真做了大官，但仍然清白谨慎地生活，非常节俭，尽管他的爵位就像一个小国的国君一样，地位显赫，但家中没有美女、侍妾。每月薪俸都分给亲戚朋友。

起初，陈郡有一个叫袁毅的人，曾经当过鬲县的县令，是一个贪图财物、不清白的人，常常用东西贿赂上级官员，以求得虚假的名声。他看山涛重权在握，送给山涛一百斤丝，山涛认为严词拒绝，不免和当时的风尚不合，便接受了他送来的东西，把丝藏在阁楼之上。后来，袁毅的贿赂行为败露，被人用囚车押往廷尉审讯，凡是他所贿赂给别人的东西，他都一一供了出来。山涛从家里拿出袁毅送来的丝交付官吏，因为时间已久，落了很厚的一层灰尘，原来的封印都没打开。

〔原文〕

帝以涛①清俭无以供养,特给日契②,加赐床帐茵③褥。……初,涛布衣家贫,谓妻韩氏曰:"忍饥寒,我后当作三公,但不知卿堪公夫人不耳!"及居荣贵,贞慎俭约,虽爵同千乘④,而无嫔媵⑤。禄赐俸秩,散之亲故。初,陈郡袁毅尝为鬲令⑥,贪浊而赂遗公卿,以求虚誉,亦遗涛丝百斤,涛不欲异于时⑦,受而藏于阁上。后毅事露,槛车送廷尉⑧,凡所受赂,皆见推检。涛乃取丝付吏,积年尘矣,印封如初。

——《晋书·山涛传》

〔注释〕

①涛:山涛,字巨源,西晋河内怀县(今河南武陟西)人,为"竹林七贤"之一。晋初,任吏部尚书、尚书右仆射等职。

②日契:符契。

③茵:坐垫,车垫。

④千乘(shèng):古时一车四马为一乘。这里形容地位显赫。

⑤嫔(pín)媵:侍妾,美女。

⑥鬲令:鬲县令。

⑦不欲异于时:不违背当时的风气。

⑧槛车:装载猛兽或囚禁犯人的车子。廷尉:九卿之一,掌刑狱。

试使夷齐饮,终当不易心

吴隐之为官清廉,生活俭朴,妻子自己打柴做饭。虽然官位显赫,朝廷的赏赐和俸禄,他都分发给亲戚族人。冬天没有被子,有一回洗衣服,因为没有多余的棉衣,只得披着棉絮,生活勤苦和普通贫民没有什么两样。

晋安帝年间,吴隐之又被任命为龙骧将军、广州刺史,假节,领平越中郎将。他走马上任,来到离广州二十里叫石门的地方,这里有泉水,有一泉眼俗称"贪泉",传说谁要是喝了这儿的泉水,就会有贪得无厌的欲望。吴隐之对自己的亲友说:"不看见引起欲望的东西,就可以使自己内心不乱。越岭一带丧失清廉,我知道其中的原因了。"于是走到泉水边,舀起泉水喝了起来。喝完又赋诗一首:"古人云此水,一歃怀千金。试使夷齐饮,终当不易心。"意思是说:古人传说喝了这泉水就会贪图钱财,但假如像叔齐、伯夷这样的清廉君子喝了这"贪泉"之水,却始终也不会变心。

到了广州以后,吴隐之在生活上更加俭朴,平常吃的饭只不过是些蔬菜和干鱼罢了。帷帐、器具、衣服等都交付府库。当时的人都认为他这样做有些过分,但他始终不改变自己的做法。下属仆役有人给他做鱼,经常把鱼骨头剔出,只留鱼肉,吴隐之觉察了他的用意,便给予其惩罚,并辞退了他。

任职到期返乡之日，吴隐之除行装外，没有一点多余的资财。回到家里，只有几亩宅园地，六间茅草房，篱笆围墙十分简陋，几乎没有让妻子、孩子住的地方。大将刘裕赠送给他牛车，并要为他起造新居，他坚决推辞掉了。后来他又做了管理财物的度支尚书和太常，但他以竹篷为屏风，坐处从不铺毯席。又任中领将军，官高位显，但他清静俭朴的生活不变。每月初，得到俸禄，除留下自家吃用的粮食外，其余他全部分给亲族，家人依靠纺织为生。家里没有钱粮，有时一天的饭就均成两天吃。他自己穿的一直是破旧的布衣，妻子和孩子从未多占一点不属于他的俸禄。

起先，吴隐之曾担任过奉朝请这一官职，谢石让他当卫将军主簿。吴隐之女儿要出嫁，谢石知道他向来贫穷，嫁女必定会从简，便将自己家的用帐幕搭成的厨房借给吴隐之用。派去的使者来到吴隐之家门口，正看见吴家使女牵着一只狗去卖钱，好用来经办婚事，其他一点准备也没有。吴隐之从广州番禺回来，他的妻子刘氏带了一斤沉香香料，隐之看见后很不高兴，把沉香扔入湖亭水中了。

〔原文〕

（吴隐之①）在郡清俭，妻自负薪②。……虽居清显，禄赐皆班③亲族。冬月无被，尝澣④衣，乃披絮，勤苦如同贫庶。

……隆安⑤中，以隐之为龙骧将军、广州刺史。假节，领平越中郎将。未至州二十里，地名石门，有水曰"贪泉"，饮者怀无厌之欲。隐之既至，语其亲人曰："不见可欲，使心不乱。越岭丧清，吾知之矣。"乃至泉所，酌⑥而饮之。因赋诗曰："古人云此水，一歃⑦怀千金。试使夷齐⑧饮，终当不易心。"及在州，清操踰⑨厉，常食不过菜及干鱼而已，帷帐四服皆外库，时人颇谓其矫⑩，然亦终始不易。帐下人迎鱼，每剔去骨存肉，隐之觉其用意，罚而黜焉。

归舟之日，装无余资。及至，数亩小宅，篱垣仄陋，内外茅屋六间，不容妻子。刘裕⑫赐牛车，更为起宅，固辞。寻拜度支尚书、太常，以竹篷为屏风，坐无毯席。后迁中领军，清俭不华，每月初得禄，载留身粮，其余悉分振亲族，家人纺绩以供朝夕。时有困绝，或并日而食，身恒布衣不完，妻子不沾寸禄。

初，隐之为奉朝请⑬，谢石请为卫将军主簿。隐之将嫁女，石知其贫素，遣女必当率薄⑭，乃令移厨帐助其经营。使者至，方见婢牵犬卖之，此外萧然无办。后至自番禺⑮，其妻刘氏赍沉香一斤⑯，隐之见之，遂投于湖亭之水。

——《晋书·吴隐之传》

〔注释〕

①吴隐之：字处默，东晋鄄（juàn）城（今属山东）人。精通文史，后以中领军致仕。

②薪：柴。

③班：分发。

④澣（huàn）：同"浣"，洗。

⑤隆安：晋安帝年号。

⑥酌：舀取。

⑦歃（shà）：饮，喝。

⑧夷齐：伯夷、叔齐，商朝末年孤竹君的两个儿子。反对周武王讨伐商王朝。武王灭商后两人逃到首阳山，宁愿采野菜吃，不食周粟而亡。

⑨踰：同"逾"，更加。

⑩矫：纠正，此为过甚之意。

⑫刘裕：原为东晋北府兵将领，掌握东晋大权后，元熙二年（420年）代晋称帝，是为宋武帝。

⑬奉朝请：本为贵族、官僚定期朝见皇帝的称谓。晋时以皇帝侍从官及驸马都尉为奉朝请。

⑭率薄：俭约，简单。

⑮番禺：地名，在今广东省。

⑯赍（jī）：携带。沉香：一种著名的香料。

贪妻面前不言钱

司徒王衍的妻子郭氏是当时皇后贾南风的亲戚，郭氏凭借这层关系，刚愎自用，贪婪暴戾，大肆搜刮民财，还喜欢插手别人的事情。她的丈夫王衍对此很忧愁，但也管不了她。当时同乡人李阳任幽州刺史，是京城闻名的刚正不阿的侠义之人。王衍的妻子一直很惧怕他。

一天，王衍想出了好办法，对自己的妻子说："你的所作所为，不但我说你做得不对，而且李阳也说你的行为不好。"妻子听了这话以后，稍微收敛了一点。

王衍怨恨妻子贪钱，行为鄙下，因此在妻子面前从来不提钱字。郭氏见他不说钱字，便想办法一定要让他说出"钱"字。一天晚上，趁王衍睡熟之后，郭氏让奴婢把钱围绕着摆放在床的四周，使王衍不能下床。王衍清晨醒来一看，床四周到处都是钱，便召唤婢女说："把这些阿堵物拿走。"王衍的所作所为就是这样。

〔原文〕

衍①妻郭氏，贾后②之亲，藉③中宫之势，刚愎贪戾，聚敛无厌，好干预人事，衍患之而不能禁。时有乡人幽州刺史李阳，京师大侠也，郭氏素惮之。衍谓郭曰："非但我言卿不可，李阳亦谓不可。"郭氏为之小损。衍疾郭之贪鄙，故口未尝言钱。郭欲试之，令婢以钱绕床，使不得行。衍晨起见钱，谓婢曰："举阿堵物却④！"其措意⑤如此。

——《晋书·王衍传》

〔注释〕

①衍：王衍，字夷甫，西晋琅邪临沂（今属山东）人。出身士族，曾任中书令、尚书令、司徒、司空、太尉等职。

②贾后：晋惠帝皇后，名南风，晋初大臣贾充的女儿。惠帝即位时，太后父杨骏专权，永平六年（291年），她使人杀死杨骏，从此擅政十年。

③藉：凭借，依靠。

④阿（ē）堵：犹言这，这个。阿堵物是指钱。却：去，指拿走。

⑤措意：留意，注意。

陶侃运砖

陶侃担任广州刺史的时候,由于州中没有什么大事,每天早晨都要将一百块砖从书斋里搬到书斋外,然后在晚上又将它们搬进去。有人就问陶侃其中的道理,他回答说:"我们将要渡江北伐,收复中原,眼下过于悠闲,将来恐怕办不了大事。"

〔原文〕

侃在州无事①,辄朝运百甓于斋外②,暮运于斋内。人问其故,答曰:"吾方③致力中原,过尔优逸,恐不堪事。"

——《晋书·陶侃传》

〔注释〕

①侃:陶侃,字士行,东晋庐江浔阳(今江西九江)人。曾任荆州刺史、广州刺史。太宁三年(325年),加征西大将军。州:广州,治所在番禺(今广州市)。

②辄(zhé):总是。甓(pì):砖。斋(zhāi):书房或学舍。

③方:将要。

让儿媳改嫁

东晋著名大臣庾亮的儿子在苏峻之乱中遇害身亡。诸葛道明的女儿是庾亮的儿媳妇,丈夫死后,在家守寡,有要改嫁的想法。这在当时的封建礼教下是很不容易被人接受的。诸葛道明写信给庾亮说了自己的想法,庾亮回信说:"你那贤惠的女儿还很年轻,改嫁是应该的。但我十分想念我死去的儿子,就好像他刚去世一样。"

〔原文〕

庾亮儿遭苏峻难遇害①。诸葛道明女为庾儿妇,既寡,将改适②,与亮书及之。亮答曰:"贤女尚少,故其宜③也。感念亡儿,若在初没④。"

——《世说新语·伤逝第十七》

〔注释〕

①庾亮:字元规,东晋颍川鄢陵(今河南鄢陵西北)人,其妹为明帝皇后,历仕元帝、明帝、成帝三朝。成帝时任中书令,执朝政。苏峻、祖约作乱,他和温峤联合荆州刺史陶侃平定叛乱。后任征西将军,掌握重兵。苏峻:字子高,东晋长广掖县(今山东莱州市)人。以平王敦功,进冠军将军、历阳内史。庾亮执政,想解除苏峻的兵权,调为大司农。苏峻和祖约起兵,攻入建康,专擅朝政。不久为温

峤、陶侃等击败而死。

②改适：改嫁。

③宜：应该。

④没：死亡。

刘寔更厕

刘寔年轻时，家庭穷困，外出办事总是拄着木杖步行，每到一地住下休息，他都不麻烦主人，打柴、挑水之类的事情，他都亲自动手。后来他官位显赫，仍然崇尚俭朴，不追求奢侈。

有一次，刘寔到富豪石崇家做客，上厕所时，看见那儿挂着紫红色的绸缎帷帐，铺着美丽的褥垫，还有两个漂亮的女仆，手里拿着香袋，站在里边。刘寔惊愕，退出来笑着对石崇说："我刚才走错了门，误入了你的内室。"石崇回答说："那是厕所。"刘寔说："我乃是一介寒士，没有过这样的享受。"说完就到其他地方去找厕所了。

〔原文〕

寔少贫窭①，杖策徒行，每所憩止②，不累主人，薪水之事③，皆自营给。及位望通显④，每崇俭素，不尚华丽。尝诣石崇家，如厕，见有绛纹帐，裀褥⑤甚丽，两婢持香囊。寔便退，笑谓崇曰："误入卿内⑥。"崇曰："是厕耳。"寔曰："贫士未尝得止。"乃更如他厕。

——《晋书·刘寔传》

〔注释〕

①窭（jù）：贫寒。

②憩止：休息，住宿。

③薪：柴。水：指喝和用的水。

④通显：高官显位。

⑤裯褥：被褥。

⑥内：内室，多指妇女居住的房间。

郗公穷馁时

郗鉴遭逢永嘉之乱时，住在乡下，特别穷困，经常挨饿。乡里的人因为郗鉴的名望，便轮着供给他饭吃。郗鉴每次去吃饭，总是领着哥哥的儿子郗迈和外甥周翼两个小孩一起去。乡里人说："现在天下大乱，每家都很穷困，因为您是贤德有声望的人，所以大家才一同帮助您，如果再带两个孩子，恐怕供养不起。"郗鉴于是自己一个人到乡里人家去吃饭，每次吃完饭，总把饭放在嘴里含着，回到住处，再把饭吐给两个孩子吃。这样总算都活下来了。最后，郗鉴领着侄子和外甥两个小孩，一同过了长江。

〔原文〕

郗公值永嘉丧乱①，在乡里甚穷馁②。乡人以公名德，传共饴之③。公常携兄子迈及外生周翼二小儿往食，乡人曰："各有饥困，以君之贤，欲共济④君耳，恐不能兼有所存。"公于是独往食，则含饭著两颊边，还，吐与二儿。后并得存，同过江。

——《世说新语·德行第一》

〔注释〕

①郗公：郗鉴，西晋高平金乡（今属山东）人，官至司空、太

尉，封南昌县公。值：遇到。永嘉之乱：晋惠帝在位期间，政治腐败，八王争权混战，使生产遭到严重破坏。匈奴贵族刘渊乘机起兵建国，国号为汉。晋怀帝永嘉四年（310年），刘渊死，子聪立。次年刘聪遣石勒歼灭晋军十余万人，俘杀太尉王衍等。同年，派刘曜率兵进攻洛阳，俘获晋怀帝，又纵兵烧掠，杀王公士民三万余人。史称这一时期为永嘉之乱。

②馁：饥饿。

③传：轮流。饴（sì）：通"饲"，给人吃。

④济：帮助。

郗愔不哭子

起初，郗超依附桓温结成死党，但是因为他的父亲郗愔忠于晋朝，所以不让他父亲知道他的密谋活动。直到郗超病危，才拿出一箱子书信交给他的门生，说："父亲已经年迈，我死了以后，如果他为我过度悲痛，影响到健康，可以把这个箱子交给我父亲，如果不是这样的话，就把它烧了。"

郗超死了以后，父亲郗愔果真悲伤成病，门生就把箱子呈交给他。郗愔一看，里面装的全是与桓温往来密谋策划的信件，气得大骂说："这小子死得太晚了！"此后就再也不哭了。

〔原文〕

初，超党于桓氏①，以父愔忠于王室，不令知之。及病甚，出一箱书②授门生曰："公年尊③，我死之后，若以哀惋害寝食者，可呈此箱，不尔④，即焚之。"既而愔果哀惋成疾，门生呈箱，皆与桓温⑤往反密计。愔大怒曰："小子死已晚矣！"遂不复哭。

——《资治通鉴》卷104 太元二年

〔注释〕

①超：郗超，字景兴，一字嘉宾，东晋高平金乡（今属山东）

人。任桓温参军,深获信任。桓温专政时,他曾任中书侍郎等职,并参与了废立密谋。党:依附结党。

②书:书信。

③年尊:年老。

④不尔:不是这样。

⑤桓温:字元子,东晋谯国龙元(今安徽怀远西)人,晋明帝的女婿。先任荆州刺史,掌握长江上游兵权。后专擅朝政。

王恭身无长物

王恭从会稽回到京城,王忱去看望他,见他坐在六尺长的新竹席上,王忱对他说:"你从南方回来,所以会有这种凉席,可不可以送一条给我啊?"王恭没有答话。王忱走后,王恭就把自己所坐的那条竹席卷起来,派人送给王忱。

把席子送人后,王恭已经没有其他席子,就坐在草垫上。后来王忱知道了这件事,大吃一惊,对他说:"我本来以为你带回许多竹席,所以向你要了一条。"王恭回答说:"您老不了解我,我平生做人,没有多余的东西。"

〔原文〕

王恭从会稽还①,王大②见之,见其坐六尺簟③,因语恭:"卿东来,故应有此物,可以一领及我。"恭无言。大去后,即举起坐者送之。

既无余席,便坐荐④上。后大闻之,甚惊,曰:"吾本谓⑤卿多,故求耳。"对曰:"丈人⑥不悉恭,恭作人,无长物⑦。"

——《世说新语·德行》

〔注释〕

①王恭：字孝伯，东晋太原晋阳（今山西太原市）人。曾任中书令、五州都督、青州兖州刺史等职。会稽：郡名，治所在山阴（今浙江绍兴市）。

②王大：名忱，字元达。东晋太原晋阳人，官至荆州刺史。

③簟（diàn）：竹席。

④荐：草荐，草垫。

⑤谓：以为。

⑥丈人：对长辈的尊称。

⑦长物：多余的东西。

乙逸怒子骄奢

前燕国君慕容儁调幽州刺史乙逸为左光禄大夫。乙逸夫妇共乘一辆小车赴任。他的儿子乙璋率领几十个骑马的随从,穿着十分华丽的衣服,在大道上迎接。乙逸非常生气,关闭车门不跟他说话。到了城里,乙逸又严厉地责备乙璋,但乙璋仍然不肯悔改。

乙逸常常忧虑乙璋会遇到挫折,而乙璋反而被提升,历任中书令、御史中丞。乙逸于是感叹地说:"我从小修身自立,克制自己,遵守正道,仅仅能够避免罪罚。乙璋不注意节制、检点自己,专搞些奢侈放纵的事,反而位居显要的官职,这不仅仅是乙璋的侥幸,也实在是如今世道的衰微啊!"

〔原文〕

燕主儁征幽州刺史乙逸为左光禄大夫①。逸夫妇共载鹿车②。子璋从骑十数,服饰甚丽,奉迎于道。逸大怒,闭车不与言,到城,深责之,璋犹不悛③。逸常忧其败,而璋更被擢任④,历中书令、御史中丞⑤。逸乃叹曰:"吾少自修立,克己守道,仅能免罪。璋不治节检,专为奢纵,而更居清显⑥,此岂惟璋之忝幸⑦,实时世之陵夷⑧也。

——《资治通鉴》卷100 升平元年

〔注释〕

①燕主儁（jùn）：前燕的国君慕容儁。乙逸：前燕平原（今山东平原县）人，曾任幽州刺史。光禄大夫：皇帝的顾问官员。

②鹿车：古时的一种小车。

③不悛（quān）：不悔改。

④擢（zhuó）任：提拔，委任。

⑤中书令：政府中掌管机要、发布政令的长官。御史中丞：中央监察机构的长官。

⑥清显：指地位尊显、职司重要的官职。

⑦忝（tiǎn）幸：侥幸。

⑧陵夷：衰微。

孙盛直书国史

孙盛勤学不倦，从小到老，手不释卷。他写了《魏氏春秋》《晋阳秋》等史学著作，还写了诗赋论难等数十篇。《晋阳秋》词直理正，人们都称赞说是良史。

不久，桓温看到了这本书，很气愤地对孙盛的儿子说："枋头这一仗确实失败了，但怎么也不至于像你父亲所写的那样啊！如果这本史书流行，我就要查封你们家。"孙盛儿子听了，吓得连连点头称是，说要回去请父亲删改。

这时，孙盛已经因年迈还家休养。他性格方正严肃，很有规矩，虽然子孙年纪也大了，但教育他们更加严格。这时候，几个儿子都跪下磕头，痛哭流涕地请父亲多为百口之家考虑，删改《晋阳秋》。孙盛听了，大发雷霆。几个儿子见状不妙，只好作罢，自己私下把书改了。

后来，孙盛将《晋阳秋》写成两个本子，寄给慕容儁。太元年间，晋孝武帝博求异闻，在辽东得到了这个本子。经过一番考证校对，发现有不少相异之处，于是将两个本子都保存了起来。

〔原文〕

盛①笃学不倦，自少至老，手不释卷。著《魏氏春秋》《晋阳秋》，并造诗赋论难复数十篇。《晋阳秋》词直而理正，咸称良史焉。既而^②桓温见之，怒谓盛子曰："枋头诚为失利^③，何至乃如尊君所说！若此史遂行，自是关君门户事。"其子遽拜谢，谓^④请删改之。时盛年老还家，性方严有轨宪^⑤，虽子孙班白^⑥，而庭训^⑦愈峻。至此，诸子乃共号泣稽颡^⑧，请为百口切计。盛大怒。诸子遂而改之。盛写两定本，寄于慕容儁。太元^⑨中，孝武帝博求异闻，始于辽东得之，以相考校，多有不同，书遂两存。

——《晋书·孙盛传》

〔注释〕

①盛：孙盛，字安国，东晋太原中都（今山西平遥县）人，博学明理，擅长写作，累迁秘书监，加给事中。

②既而：不久。

③枋头诚为失利：枋头位于今河南浚县西南。永和元年（345年）桓温任荆州刺史，继庾氏掌握长江上游兵权。太和四年（369年）桓温带军攻前燕枋头，因粮运不继，受挫而还。

④谓：说。

⑤方严：方正严肃。轨宪：遵守法则，遵守法度。

⑥班白：同"斑白"，花白。

⑦庭训：指父训，父教。

⑧稽颡：以额触地。

⑨太元：晋孝武帝年号。

孔觊清约有声

孔觊不经营产业，平时生活清贫，家中财产有无多少，都不放在心上。他的性格真挚坦率，不矫揉造作，得到珍贵的器物，和普通的物品一样用，而其他物品粗疏破旧，也始终不换。当时吴郡的顾觊之也崇尚俭朴，衣服器物都拣差的。南朝宋人讲到生活的朴素，就算得上他们两人了。

孔觊的弟弟孔道存，堂弟孔徽，颇喜欢经营产业。两人请假离任回家乡，孔觊到岸边去迎接，看见他们带回了十几船的绢绵、纸张、席子等东西。孔觊表面上装出喜欢的样子，对他们说："我现在正贫困缺财，得到这些财物对我来说很重要。"就下令把那些货物搬放到岸边，然后严肃地对他俩说："你们身为士人，请假回家难道是要做商人赚钱吗？"说完，命令手下的人取火烧掉这些东西，烧完了孔觊才走。

〔原文〕

（孔觊①）不治产业，居常贫罄②，有无丰约③，未尝关怀。……性真素④，不尚矫饰⑤，遇得宝玩，服用不疑，而他物粗败，终不改易。时吴郡顾觊之⑥亦尚俭素，衣裘器服，皆择其陋者。宋世言清约，称此二人。觊弟道存，从弟⑦徽，颇营产业。二弟请假东还，觊出渚⑧

迎之，辎重⑨十余船，皆是绵绢纸席之属。觊见之，伪喜，谓曰："我比困乏，得此甚要。"因命上置岸侧，既而正色谓道存等曰："汝辈忝⑩预士流，何至还东作贾客邪！"命左右取火烧之，烧尽乃去。

——《宋书·孔觊传》

〔注释〕

①孔觊：字思远，刘宋山阴（今浙江绍兴市）人，历任散骑常骑、辅国将军、太子詹事等职。

②贫罄（qìng）：贫困。

③丰约：多少。

④真素：真挚坦率。

⑤矫饰：做作，粉饰。

⑥顾觊之：字伟仁，吴县（今江苏苏州市）人，历任山阴令、吏部尚书等职。

⑦从弟：堂弟。

⑧渚（zhǔ）：水中的小块陆地。

⑨辎（zī）重：外出时所带的包裹箱笼。

⑩忝：辱，有愧于。

阿豺临终教育子弟

吐谷浑的首领阿豺有二十个儿子。他病危时，把儿子们召集到面前，对他们说："你们每人拿一支箭来，在地上折断。"儿子们把箭拿来之后，阿豺对他的亲弟弟慕利延说："你取一支箭，先把它折成两段。"慕利延一下把箭折断了。阿豺又对他说："你把十九支箭并在一起，再把它们折断。"慕利延怎么也折不断。阿豺就教导他们说："你们知道这个道理吗？单独一支箭很容易折断，如果把它们捆成一束，就很难折断了。你们应当合力同心，这才可以保国保家。"阿豺说完这些话就死了。

〔原文〕

阿豺①有子二十人，……谓曰："汝等各奉②吾一只箭，折之地下。"俄而命母弟慕利延曰："汝取一只箭折之。"慕利延折之。又曰："汝取十九只箭折之。"延不能折。阿豺曰："汝曹③知否？单者易折，众则难摧。勠力④一心，然后社稷⑤可固。"言终而死。

——《魏书·吐谷浑传》

〔注释〕

①阿豺：吐谷浑的首领。吐谷浑是鲜卑族的一支。

②奉：捧，拿。
③汝曹：你们。
④勠（lù）力：合力。
⑤社稷：土神叫社，谷神叫稷，代表国家。

骄傲岂能长久？

颜延之的儿子颜竣官高权重，凡是他供给家里的物品，颜延之一样也不接受，仍然穿布衣，住茅屋，和从前一样过着俭朴的生活。

有一次，颜延之乘坐着老牛破车出行，正好遇到颜竣前呼后拥的车骑仪仗过来，就把车靠在路边让道。他曾对颜竣说："我平生不喜欢见要人，想不到现在不幸遇见了你！"颜竣要兴建住宅，颜延之对他说："你要好好想想再做，不要叫后人笑你愚蠢！"

颜延之曾经在一个大清早去看颜竣，只见宾客盈门，而颜竣却还没有起床。颜延之很生气地骂道："你从粪土当中出来，一下子飞黄腾达，升到云彩上面，居然如此骄傲，这样下去能够长久吗！"

〔原文〕

延之子竣贵重①，凡所资供②，延之一无所受，布衣茅屋，萧然③如故。常乘羸④牛笨车，逢竣卤簿⑤，即屏住⑥道侧。常语竣曰："吾平生不憙⑦见要人，今不幸见汝！"竣起宅⑧，延之谓曰："善为之，无令后人笑汝拙也。"延之尝早诣⑨竣，见宾客盈门，竣尚未起，延之怒曰："汝出粪土之中，升云霞之上，遽骄傲如此，其能久乎！"

——《资治通鉴》卷128 孝建三年

〔注释〕

①延之：颜延之，字延年，临沂（今山东临沂）人。南朝宋时历任始安太守、永嘉太守、秘书监、光禄勋、太常等职。竣：颜竣，是颜延之的儿子。

②资供：供养的物品。

③萧然：寂寞冷落的样子。

④羸（léi）：瘦弱。

⑤卤（lǔ）簿：汉以后，皇帝、后妃、王公大臣出行，车驾前后的仪仗队称为卤簿。

⑥屏住：退后站着。

⑦憙：喜欢。

⑧起宅：造房。

⑨诣（yì）：前往，去到。

顾觊之计烧债券

顾觊之家族很和睦，受到州郡乡里人们的尊重。他有五个孩子，分别叫约、缉、绰、缜、绲。顾绰财产丰富，乡里很多人都欠他的债，觊之常常禁止他这样做，但都不奏效。后来，顾觊之担任了吴郡郡守，便诱骗顾绰说："我常常不许你对外放债，现在仔细想来这里的确贫瘠，不可久居。老百姓同你来往的还有多少没有还清你的债，趁我还在这里，帮你监督还了，将来可没有这个机会了。你那些债券文书在什么地方啊？"顾绰听了，喜出望外，便把一大橱子债券文书全拿了出来，交给顾觊之。顾觊之一把火把它们全烧了，对远近的老乡们宣布："谁欠三郎债的，都不必还了，所有的欠债文书都烧了。"顾绰这时懊悔莫及，一连叹息了好多天。

〔原文〕

觊之家门雍睦①，为州乡所重②。五子约、缉、绰、缜、绲。绰私财甚丰，乡里士庶多负其责③，觊之每禁之不能止。及后为吴郡，诱绰曰："我常不许汝出责，定思贫薄亦不可居。民间与汝交关有几许不尽④，及我在郡，为汝督之。将来岂可得。凡诸券书皆何在？"绰大喜，悉出诸文券一大厨与觊之，觊之悉焚烧，宣语远近："负三郎责，皆不须还，凡券书悉烧之矣。"绰懊叹弥⑤日。

——《宋书·顾觊之传》

〔注释〕

①觊之：顾觊之，南朝宋吴县（今江苏苏州市）人。曾任吏部尚书、散骑常侍、湘州刺史。雍睦：和睦。

②重：重视，敬重。

③责（zhài）：通"债"，欠别人钱财。

④交关：交通往来。几许：若干，多少。

⑤弥：长，久。

何心独享白米？

何子平世代居住在会稽，年轻时就有远大的抱负，操行端正，受到乡里人的称赞。他对母亲非常孝顺。当时，扬州官府征召他担任从事史，月薪都是白米，他总是拿出去卖掉，调换一些粟麦杂粮。有人问道："你这样做，得不到什么好处，何必自找麻烦呢？"子平说："老母亲在家乡，不能够经常吃到大米，我怎能忍心一个人吃白米饭呢？"有人送来一些美味佳肴，如果是不能够送到家里的，他都不肯收下。

他的老母亲是偏房，户口登记失实，实际还没有到儿子应该去职奉养的年龄，而户口籍册上登记的年龄却已经到了，何子平就主动离职回家了。当时，镇军将军顾觊之为州里的主管，对何子平说："您老母实际年纪还没有到八十，亲戚故旧都是知道的，州里多少还有点俸禄，您还是留下来吧。"何子平回答说："现在国家正根据黄籍上的户口登记办事，老母登记的年龄既然到了，我就应该去职，去照顾老母亲，怎么可以以实际年龄没到的理由而贪图官位和利禄呢？而且，扶持老母归养天年，也符合我的一片孝母之心啊。"顾觊之又劝他以母亲年迈的理由求县里帮个忙，子平说："老母实际年龄没有到应该供养的地步，怎么可以借此希求利禄呢？"顾觊之听了，更加敬重他了。何子平回到老家后，便竭力供养老母。

〔原文〕

子平①世居会稽，少有志行，见称于乡曲②。事母至孝。扬州辟从事史③，月俸得白米，辄货市粟麦④。人或问曰："所利无几，何足为烦？"子平曰："尊老在东，不办⑤常得生米，何心独飨白粲。"每有赠鲜肴者，若不可寄致其家，则不肯受。

母本侧庶，籍⑥注失实，年未及养，而籍年已满，便去职归家。时镇军将军顾觊之为州上纲，谓曰："尊上年实未八十，亲故所知。州中差有微禄，当启相留。"子平曰："公家正取信黄籍⑦，籍年既至，便应扶持私庭，何容以实年未满，苟冒荣利。且归养之愿，又切微情。"觊之又劝令以母老求县，子平曰："实未及养，何假以希禄。"觊之益重之。既归家，竭身运力，以给供养。

——《宋书·何子平传》

〔注释〕

①子平：何子平，南朝宋灊（今属安徽）人。南朝宋文帝时为吴郡海虞令。

②乡曲：犹言乡下。以其偏处一隅，故称乡曲，后引申为乡里。

③辟：征召。从事史：汉制，州刺史之佐吏，如别驾、治中、主簿、功曹等，均称为从事史。又有部郡国从事史，每郡各一人，主管文书，察举非法。汉魏之际增设祭酒文学从事员，晋有武猛从事员。皆由州自行任免，也叫州从事。

④辄：总是。货：出卖。市：买。

⑤办：具备。

⑥籍：名册，户口册。

⑦黄籍：晋代和南朝用黄纸书写的户籍总册。

安同自劾不能训子

安同是辽东少数民族（当时称胡）人。他的长子安屈，在太宗时掌管京城的大粮仓。安屈利用职权之便，偷出几石粳米，想用来供养家人。安同知道后，非常生气，上报朝廷，请求处死自己的儿子，并自责不能很好地教育子女，请求自己一同受罚。太宗看到安同家如此穷困，十分赞扬安同的品行，就饶恕了他的儿子，还下诏长期从国库中拨出粳米来赐给安同。安同公正守法，往往这样。

〔原文〕

安同①，辽东胡人也。……同长子屈，太宗时典太仓事②，盗官粳米数石，欲以养亲。同大怒，奏求戮③屈，自劾④不能训子，请罪。太宗嘉而恕之，遂诏长给同粳米。其公清奉法，皆此类也。

——《魏书·安同传》

〔注释〕

①安同：北魏时人，太武时晋爵高阳公，后任征东大将军、冀青两州刺史。

②典：主管。太仓：古代设立在京城的大谷仓。

③戮：杀。

④劾：揭发。

一家丰俭与共

蔡廓侍奉哥哥蔡轨像侍奉父亲一样，家事无论大小，都先要咨询过蔡轨才做，得到的俸禄和赏赐，也都交给蔡轨，如果需要钱物，再向典掌者请求。蔡廓随宋武帝刘裕在彭城，他的妻子郗氏写信向他要夏季的衣服，蔡廓回信说："知道你要夏季的衣服，想来哥哥蔡轨会供给你，用不着再寄了。"元嘉二年（425年），蔡廓逝世，时年四十七岁。

蔡廓死时，他的小儿子蔡兴宗才十岁，居丧时十分悲哀，和其他的儿童不同。当初，蔡廓从豫章郡罢官回来，造了二幢住宅。先造好东宅，给了蔡轨。蔡廓死时，自己的一幢住宅还未造好，蔡轨从长沙郡回来，送了五十万钱给蔡廓的妻子，算是补偿造住宅的钱。蔡兴宗年纪虽小，却对母亲说："我们都是一家人，丰裕节俭都是一体的，不必分彼此，今天伯父送来的钱不应当拿。"他的母亲很高兴，听从了儿子的话，把钱还给了蔡轨。蔡轨面有愧色，对自己的儿子蔡淡说："我已经六十岁了，做出来的事却还不及一个十岁的小孩子。"

〔原文〕

（蔡廓①）奉兄轨如父，家事大小，皆咨而后行，公禄赏赐，一皆入轨，有所资须②，悉就典者③请焉。从高祖在彭城④，妻郗氏书求夏服，廓答书曰："知须夏服，计给事自应相供，无容别寄。"时轨为给事中。元嘉⑤二年，廓卒，时年四十七。……

兴宗年十岁失父，哀毁⑥有异凡童。廓罢豫章郡⑦还，起二宅。先成东宅与轨，廓亡而馆宇未立，轨罢长沙郡还，送钱五十万以补宅直⑧。兴宗年十岁，白⑨母曰："一家由来丰俭必共，今日宅价不宜受也。"母悦而从焉。轨有惭色，谓其子淡曰："我年六十，行事不及十岁小儿。"

——《宋书·蔡廓传》

〔注释〕

①蔡廓：字子度，刘宋考城（今河南兰考）人，历任御史中丞、礼部尚书等职。

②须：通"需"。

③典者：掌管者。

④高祖：即宋武帝刘裕，南朝宋的建立者。彭城：今徐州市。

⑤元嘉：南朝宋文帝年号。

⑥哀毁：旧指居丧时因过度悲哀而损害健康。

⑦豫章郡：治所在今南昌。

⑧直：通"值"。

⑨白：告。

强寇仍在，岂可安坐华美？

长孙道生清廉俭朴，身为三公，位至宰相，穿的衣服不华丽，吃的东西没有第二样菜，一张熊皮挡泥，用了几十年没替换，当时人都将他比作春秋时齐国的贤相晏婴。他家的住房低矮破旧，后来，他离家镇守边地，家里的人便重修屋宅，盖起华丽的高堂大屋。道生回家后，看到新房，十分不高兴，叹息说："过去霍去病身为大将军，抗击匈奴有功，汉武帝为他盖房子，他拒绝说，匈奴边患尚未消灭，哪里能要什么家啊。今天，强大的敌人仍在北疆侵扰，我怎么能贪图安逸，追求奢侈的生活呢？"于是严厉地责备了家里的人，并命令把盖起的房子拆掉了。

〔原文〕

（长孙）道生廉约①，身为三司②，而衣不华饰，食不兼味③。一熊皮鄣泥④，数十年不易，时人比之晏婴。第宅卑陋，出镇后，其子弟颇更修缮，起堂庑⑤。道生还，叹曰："昔霍去病以匈奴未灭⑥，无用家为，今强寇尚游魂漠北，岂可安坐华美也！"乃切⑦责子弟，令毁宅。

——《魏书·长孙道生传》

〔注释〕

①道生:即长孙道生,后魏时代郡高柳(今山西阳高县)人,道武帝爱其慎重,使掌机密。太武帝即位,晋爵为汝阴公,迁廷尉卿。后因征夏赫连冒有功,任司空。廉约:清廉俭约。

②三司:东汉称太尉、司徒、司空为三司。

③兼味:几样味道的菜肴。

④鄣泥:挡泥。鄣,同"障"。

⑤堂庑:居宅屋舍。堂:宫室前为堂,后为室。庑:堂周的廊屋。

⑥霍去病:西汉名将。河东平阳(今山西临汾)人,官至骠骑将军,封冠军侯。两次大败匈奴,汉武帝曾为他造府第,他拒绝说:"匈奴未灭,无以为家。"

⑦切:深切。

弟妹饥寒，岂可独饱？

崔亮字敬儒。当时陇西人李冲在朝中当宰相，掌握国家大权。崔亮的堂兄投奔李冲门下做官，有一次他对崔亮说："你怎么能在家舞文弄墨一辈子，而不去投靠李冲呢？他家里藏书很多，也可以就此学到更多的知识。"崔亮却不以为然，他说："弟弟、妹妹都过着贫穷的生活，我怎么能为一个人填饱肚子而抛下他们不管呢？我现在完全可以在书市上看书，怎么能投靠权贵低三下四地看人家的脸色行事呢！"

后来，崔亮做了大官，任中书侍郎，兼尚书左丞。他虽然居于显要地位，但他的妻子仍要自己干舂米、簸谷的杂活。

〔原文〕

崔亮①字敬儒。……时陇西李冲②当朝任事，亮从兄往依③之，谓亮曰："安能久事笔砚④，而不往托⑤李氏也？彼家饶⑥书，因可得学。"亮曰："弟妹饥寒，岂可独饱？自可观书于市⑦，安能看人眉睫⑧乎！"……迁中书侍郎，兼尚书左丞。亮虽历显任，其妻不免亲事舂簸⑨。

——《魏书·崔亮传》

〔注释〕

①崔亮：北魏东武城（今河北故城县）人。后来任尚书二千石，

兼吏部郎。

②李冲：北魏孝文帝时任尚书仆射。

③依：投靠，投奔。

④笔砚：指学习。

⑤托：依托。

⑥饶：丰富，多。

⑦市：指书市。

⑧眉睫：眉毛和睫毛，泛指人的形貌。此指看人家眼色行事。

⑨舂：用杵臼捣谷类等。簸：簸谷。用簸箕扬去谷物中的糠秕、尘土等杂物。

戴硕子三儿

戴法兴，会稽山阴县人。他小的时候家里很贫穷，父亲戴硕子以贩卖麻布来维持家庭生计。戴法兴有两个哥哥，一个叫延寿，一个叫延兴，两个人都因道德高尚而有美名。延寿擅长书法，法兴爱好学习。同郡人中有一个叫陈载的，家中很富有，有钱三千万，乡里的人都说："戴硕子的三个儿子，抵得上陈载的三千万钱。"

〔原文〕

戴法兴①，会稽山阴②人也。家贫，父硕子，贩纻③为业。法兴二兄延寿、延兴并修立④，延寿善书，法兴好学。山阴有陈载者，家富，有钱三千万，乡人咸云⑤："戴硕子三儿，敌⑥陈载三千万钱。"

——《宋书·戴法兴传》

〔注释〕

①戴法兴：南朝宋人，好学能文，颇通古今。孝武帝时任吴昌县令，南鲁郡太守。废帝立，任越骑校尉。
②山阴：今浙江绍兴。
③纻（zhù）：纻麻织成的粗布。

④修立:美好。

⑤咸云:都说。咸:皆。

⑥敌:相当,匹敌。

太守妻樵采自供

张应，不知道他是哪里人。北魏孝文帝初年，张应任鲁郡太守。他坚贞清白，声誉业绩，闻名远近。张应身为一郡太守，妻子还要上山打柴，供自己家用。皇上给他很高的评价，并提升他担任国家心腹之地京兆的太守。尽管官大权重，他仍然保持清白无私的作风，深得百姓和各级官吏的拥护爱戴。

〔原文〕

张应，不知何许人。延兴①中，为鲁郡②太守。应履行贞素③，声绩著闻。妻子樵采以自供。高祖深嘉其能，迁京兆④太守。所在清白，得吏民之忻⑥心焉。

——《魏书·张应传》

〔注释〕

①延兴：北魏孝文帝的年号。

②鲁郡：治所在鲁县（在今山东曲阜）。

③履行：行为，所作所为。贞：坚定不移。

④京兆：指京畿都城辖域，治所在长安（今陕西西安），辖区范围相当于今陕西西安及其附近所属地区。

⑤忻：同"欣"。

麈尾扇不可执

陈显达谦逊厚道，很有智谋，他常常认为自己出身卑微，却担任国家要职，因而每次升官时，都表现出惭愧忧虑的神色。他有子女十多人，常告诫他们说："我本来不应担当这样的重任，你们不要因为自己的富贵来欺凌别人啊！"

陈家豪富以后，几个儿子和王敬则的儿子们都精饰牛车，穿着华丽，互相比美。当时出名的快牛号称陈世子的青牛、王三郎的乌牛，吕文显的折角牛和江瞿昙的白鼻牛。陈显达对他的儿子们说："麈尾扇可是高门望族的玩物，你们不要手执这些东西扬扬自得啊！"

〔原文〕

显达①谦厚有智计，自以人微位重，每迁官，常有愧惧之色。有子十余人，诫之曰："我本志不及此，汝等勿以富贵凌人！"家既豪富，诸子与王敬则②诸儿，并精车牛，丽服饰。当世快牛称陈世子青，王三郎乌，吕文显折角，江瞿昙白鼻。显达谓其子曰："麈尾扇是王谢家物③，汝不许捉此自逐。"

——《南齐书·陈显达传》

〔注释〕

①显达:陈显达,南朝齐南彭城(今江苏徐州市)人。仕南朝宋时为羽林监,南朝齐时积功至征南大将军、江州刺史。

②王敬则:南朝齐南沙(今属江苏)人。仕南朝宋为员外郎,南朝齐时封阳郡公。

③麈(zhǔ)尾扇:魏晋人清谈时常执的一种拂除尘埃的拂子,用麈(一种野兽)的尾毛制成。王谢:指六朝时的望族王氏、谢氏。古人常以"王谢"为高门氏族的代称。

对僚属如亲戚

江泌字士清,济阳考城人,曾任南中郎行参军等官职。凡是官府招募的小吏,任期满后离职回家,或者患流行病,没有一人被江泌抛弃。小吏拄着木杖,前来投奔江泌,江泌都亲自接收关照他们。小吏死了,江泌为他买了棺材。家里没有童仆差役,江泌就和兄弟一起,亲自用车拉出去给埋葬了。

〔原文〕

江泌①字士清,济阳考城②人也。……历仕南中郎行参军③。所给募吏去役④,得时病,莫有舍之者。吏扶杖投泌,泌自隐卹⑤,吏死泌为买棺。无童役⑥,兄弟共舆⑦埋之。

——《南史·江泌传》

〔注释〕

①江泌:南齐人。少时贫困好学,曾爬上屋顶借月光读书。后任南中郎行参军。

②考城:今属河南省。1954年与兰封县合并为兰考县。

③参军:官名。凡诸王及将军开府者,皆置参军,是重要僚属。

④募吏:招募的僚属。去役:离职回家。

⑤隐:怜悯。邮:体恤、帮助。
⑥童:同"僮",童仆。役:仆役。
⑦舆:车,指拉车。

范述曾清廉为官

范述曾字子玄，是吴郡钱塘人。齐明帝即位时，官拜游击将军，出任永嘉太守。他处理政事，清廉公平，不主张使用严刑峻法，让老百姓在风俗习惯上感到很方便。在太守任上，范述曾志向高洁，清白不谋私，不接受任何人送来的礼物，明帝听说后很称许，下诏表扬了他的美德。

朝廷征他任游击将军，郡里赠送给他故旧钱二十余万，他一点也没要。他刚到郡时，不携带家眷，任满归还家乡时，清廉无物，跟随的吏卒没有一个替他挑东西的。郡里无论老少，都出来和他拜辞告别，哭声连绵数十里。范述曾一生当中所得的俸禄，全分给亲族，等到他自己老时，家徒四壁，没有一点多余的东西。

〔原文〕

范述曾①字子玄，吴郡钱唐②人也。……明帝即位，除游击③将军，出为永嘉太守。为政清平，不尚威猛④，民俗便之。……在郡励志清白，不受馈遗，明帝闻，甚嘉之，下诏褒美焉。征为游击将军。郡送故旧钱二十余万，述曾一无所受。始之⑤郡，不将家属，及还，吏无荷⑥担者。民无老少，皆出拜辞，号哭闻于数十里。……述曾生平得俸禄，皆以分施。及老，遂壁立无所资。

——《梁书·范述曾传》

〔注释〕

①范述曾:齐明帝时为永嘉太守,游击将军,梁武帝时为太中大夫。

②钱唐:即钱塘,今浙江杭州市。

③游击:官名。汉代设有游击将军,统兵专征,职权颇重。

④不尚威猛:不崇尚使用严刑峻法。

⑤之:到。

⑥荷:扛,担。

庾荜清身率下

庾荜字休野，新野人。南齐郁林王即位不久又失位，庾荜掌管皇帝诏书、命令等文告，出任荆州别驾。他以自己的清正廉洁率领部下，亲友的私事请托他从不予办理。在生活上以节俭闻名，盖的是布被，吃的是粗饭素食，有时妻子和孩子也免不了遭受饥寒。明帝听说他这样有操行，亲手写敕书表扬他，他所在州里的官吏、百姓都感到很荣耀。

后来，他出任辅国长史、会稽郡丞，行郡府事。当时正是战乱之后，民生凋敝，州里谷价昂贵，一石米要数千钱，百姓生活不能维持，很多人都流亡到外地讨饭，庾荜精心安抚治理，自己对公家的东西一点不多占，只守着那一点薪俸过活，并以清苦为荣，有时一整天都不烧火做饭。太守永阳王听到他穷困得吃不上饭，便赠送给他吃的，庾荜只是表示感谢而不接受。天监元年庾荜死，他的尸体停在屋里，无法装殓，灵柩不能回归乡里。高祖听说后，下诏赐绢百匹，米五十斛，这样庾荜才得以安葬。

〔原文〕

庾荜①字休野，新野②人也。……郁林王即位废，掌中书诏诰③，出为荆州别驾④。……清身率下，杜绝请托，布被蔬食，妻子不免饥寒。明帝闻而嘉焉，手敕褒美，州里荣之。……出为辅国长史、会稽郡丞；行郡府事。时承凋弊之后，百姓凶荒，所在谷贵，米至数千，民多流散，荜抚循⑤甚有治理。唯守公禄⑥，清节逾厉，至有经日不举火。太守永阳王闻而馈⑦之，荜谢不受。天监⑧元年，卒，停尸无以殓，柩不能归。高祖闻之，诏赐绢百匹，米五十斛。

——《梁书·庾荜传》

〔注释〕

①庾荜：南朝梁代人。在齐时为荆州别驾，梁武帝即位，为御史中丞。

②新野：在今河南新野。

③郁林王：南齐废帝。诏诰：特指皇帝颁发的命令文告。命为制，令为诏。诰：皇帝给臣子的命令。

④别驾：官名。汉置别驾从事史，为刺史的佐吏，刺史巡视辖境时，别驾乘驿车随行，故名。魏晋以后承汉制，诸州置别驾，总理政务，职权甚重，当时议者称其职居刺史之半。

⑤抚循：安抚。

⑥公禄：俸禄。

⑦馈：赠送。

⑧天监：梁武帝的年号。

钱塘令居空车厩

孙谦在南朝齐时任宁朔将军、钱塘令。他下令去掉烦琐的公务程序,以简单清静的治理方法管理州县,这样,不仅公务减少,犯罪的人也少了,监狱里几乎没有犯人。后来,他调到新地做官时,老百姓因为孙谦在职不接受别人的礼物,就用车装着丝帛等物,追上去送给他,他一一谢绝,坚决不要。每次走马上任,他从来不建造自己的私人住宅,常常借公家空着的车马库作为自己的住房。

孙谦从年轻到老,历任两个县、五个郡的官,无论在哪个地方任官都很廉洁。他生活俭朴,床上铺的是竹席,屏风也是竹制的。冬天盖的是布被,铺的是草席。夏天不用蚊帐,而夜间睡觉从来没有蚊虫叮咬,人们对此都感到惊奇。

〔原文〕

(孙谦①)为宁朔将军、钱唐令,治烦以简,狱无系囚。及去官②,百姓以谦在职不受饷遗,追载缣帛③以送之,谦却不受。每去官,辄④无私宅,常借官空车厩居焉。……谦自少及老,历二县五郡,所在廉洁。居身俭素,床施蘧蒢屏风,冬则布被莞席⑤。夏日无帱帐,而夜卧未尝有蚊蚋,人多异焉。

——《梁书·孙谦传》

〔注释〕

①孙谦：字长逊，东莞莒（今山东莒县）人。在南朝宋时为句容县令，齐初为钱塘令、江夏太守，梁时为零陵太守。

②去官：调离。

③缣（jiān）帛：古代一种质地细薄的丝织品。

④辄（zhé）：总是。

⑤蘧（qú）蒢：用苇或竹编的粗席。莞席：草席。

郡中多产麻，太守家无绳

伏暅出任永阳内史时，清正廉洁，以清静为治郡之法，百姓非常爱戴他。郡中的老百姓何贞秀等一百五十四人，联名到州里上表，赞扬他的美德，湘州刺史听到后，上报朝廷。皇帝下令调查，有十五件事，做得深得百姓、官吏的拥护。皇帝十分满意，提拔他为新安太守。

伏暅在新安时，仍然如在永阳郡那样，恪守清白之志。有老百姓粮食歉收，交不起租税，他总是拿太守的官俸田产的米来帮助穷困者。郡里以产麻出名，产量很高，但他家里的人有时要捆绑东西，却找不到一根麻绳，其志向高洁一如此类。

〔原文〕

（伏暅①）出为永阳内史，在郡清洁，治务安静。郡民何贞秀等一百五十四人诣②州言状，湘州刺史以闻。诏勘③有十五事为吏民所怀，高祖善之，征为新安太守。在郡清恪④，如永阳时。民赋税不登⑤者，辄以太守田米助之。郡多麻苎⑥，家人仍至无以为绳，其厉志⑦如此。

——《梁书·伏暅传》

〔注释〕

①伏暅（gèng）：字玄耀，平昌安丘（今属山东）人。在南朝齐时任鄞县令，入梁为五经博士、永阳内史，后又做东阳太守。

②诣：到，往。

③勘：调查。

④恪：谨慎，恪守。

⑤登：丰收。

⑥苎：苎麻。

⑦厉志：激励、磨炼志向。

傅昭身安粗粝

梁明帝登皇帝位,让傅昭当了中书通事舍人的官。当时做这个官的人,都权位显赫,势倾天下。而唯独傅昭廉洁清静,不滥用权力压人。他穿的衣服,用的器物都非常简陋,安于吃粗茶淡饭。傅昭勤于学习,经常把蜡烛插在睡觉的板床上。明帝听说他如此节俭,便派人送给他漆盒、烛盘等物,说:"傅君有古人廉洁的风尚,因此赐给你古人用的东西。"

后来,傅昭任智武将军、临海太守。这个郡出产一种纹理细密的磨石,以前历任太守都把这个地方封起来,作为己有,收取赢利。傅昭认为西周时文王有一个养禽兽的园子,与百姓共同享用,尽管文王之园有七十里大,但是大可喻小,道理是一样的,便叫人撤封,任大家使用。当时有些县令常送粟给傅昭,有的还将绵帛等放在公文簿下交上来,傅昭总是笑着退还给他们。

傅昭当官从政,强调清静无为,不主张严刑峻法,不四处请托,也不结党营私,私自安插门生、亲信,更不以权谋私。总是整日端坐,以读书为乐,一直到老,兴趣不减。他知识丰富,博古通今,特别熟悉人物事迹,有关魏晋以来官僚世家的官籍、联姻状况,谈论起来,没有一点错漏。

傅昭为人诚实谨慎。儿媳妇曾经把别人赠送的牛肉,奉献给傅昭。傅昭把儿子叫来，训斥说："吃了送来的牛肉是犯国法的，把事情揭发出来又不忍，把肉拿去埋掉吧！"他行为举止，表里如一，即使在没有人看到的情况下也是这样。京城里后来的官吏，都崇尚他的学问，尊重、学习他的为人，但人人都觉得赶不上他。

〔原文〕

明帝践阼①，引昭②为中书通事舍人。时居此职者，皆势倾天下，昭独廉静，无所干豫③。器服率陋，身安粗粝④。常插烛于板床，明帝闻之，赐漆盒烛盘等，敕曰："卿有古人之风，故赐卿古人之物。"……十七年，出为智武将军、临海太守。郡有密岩⑤，前后太守皆自封固，专收其利。昭以周文之囿⑥，与百姓共之，大可喻小，乃教勿封。县令常饷⑦粟，置绢于簿下，昭笑而还之。……昭所莅官，常以清静为政，不尚严肃。居朝廷，无所请谒，不畜私门生，不交私利。终日端居，以书记⑧为乐，虽老不衰。博极古今，尤善人物，魏晋以来，官宦簿伐⑨，姻通内外，举而论之，无所遗失。性尤笃慎。子妇尝得家饷牛肉以进，昭召其子曰："食之则犯法，告之则不可，取而埋之。"其居身行己，不负暗室⑩，类皆如此。京师后进，宗其学，重其道，人人自以为不逮⑪。

——《梁书·傅昭传》

〔注释〕

①践：履。阼：古代庙、寝堂前两阶，主阶在东，称阼阶。阼阶上为主位，故称帝王即位为"践阼"。

②昭：傅昭，字茂远，南朝梁灵州（今宁夏吴忠市灵武西南）人。在官以清静为政，历任中书通事舍人、智武将军、临洛太守等职。

③干豫：干涉，指干涉别人的事情。豫：通"预"。

④粗粝：糙米。

⑤密岩：一种光滑细密的磨石。

⑥囿：养动物的园林。

⑦饷：赠送，赐给。

⑧书记：此指书籍。记：同"籍"。

⑨簿伐：先代官籍。

⑩暗室：指无光亮或隐秘的地方。一般指背地、暗地里，不做坏事称为"不欺暗室"或"不负暗室"。

⑪不逮：不及。

张充三十改过

张充字延符，吴郡人。父亲张绪，是前代南齐的特进、金紫光禄大夫，非常有声望。张充年轻时，不务正业，整天游玩，放荡不羁。有一次，张绪请假回家乡，刚到城的外墙附近，正遇见儿子张充出城来打猎，左手臂上擎着一只鹰，右手牵着一条狗。张充见了父亲的船，便放下弓箭，脱下皮套袖，在河边向父亲行礼。张绪说："你左手擎鹰，右手牵狗，一身干两样活，不觉得累吗？"张充跪着说："我听说三十而立。我今年二十九岁，请到明年看，我一定遵命改过。"父亲说："有错误能改正，犹如我们有颜之推家的子弟。"到了第二年，张充修身自改，刻苦攻读，没几年，所学甚多。特别精通道家学说，擅长清谈，与自己的从叔张稷一同有很好的声誉。

〔原文〕

张充①字延符，吴郡②人。父绪，齐特进、金紫光禄大夫③，有名前代。充小时，不持操行，好逸游④。绪尝请假还吴，始入西郭，值充出猎，左手臂鹰，右手牵狗，遇绪船至，便放绁脱韝⑤，拜于水次。绪曰："一身两役，无乃劳乎？"充跪对曰："充闻三十而立，今二十九矣，请至来岁而敬易之。"绪曰："过而能改，颜氏子⑥有焉。"及明年，便修身改节。学而盈载，多所该览，尤明《老》《易》⑦，能清言，与从叔稷俱有令誉。

——《梁书·张充传》

〔注释〕

①张充：南朝梁代人，累官散骑常侍、金紫光禄大夫。

②吴郡：治所在吴县（今江苏苏州市）。

③绪：张绪，南齐人，官至国子祭酒。特进：官名。西汉末始置，以授列侯中有特殊地位的人，得自辟僚属。南北朝为加官之名，无实职。金紫：金印紫绶的简称。秦汉时相国、丞相、太尉、大司空、太傅、列侯等皆金印紫绶。魏晋以后，光禄大夫得假金紫绶，因亦称金紫光禄大夫。

④逸游：外出游玩。

⑤绁（xiè）：弓韔，竹制的弓檠，缚在弓囊以防损伤。韝（gōu）：革制的套袖，用以束衣、射箭或操作时用。

⑥颜氏子：指颜之推家的子弟。颜之推，齐文学家，琅邪临沂（今属山东）人，初任梁元帝散骑侍郎，江陵为西魏所破，投奔北齐。有《颜氏家训》传世。

⑦《老》《易》：指《老子》《易经》。

我遗子孙以清白

徐勉字修仁，东海郯人。梁武帝天监二年（503年）授官黄门侍郎、尚书吏部郎，掌管一国人才的选拔，后来又当了侍中。

当时，军队正在出师北伐，探马、驿站报来的文件，在案上堆积如山。徐勉掌管处理这些文书，昼夜辛劳，常常几十天才能回家一次。因为相隔时间久了，家里养的狗都不认得他，向他"汪汪"狂吠。徐勉自己叹息说："我忧虑国家大事，忘了自己的家，竟然到了连家里的狗都向我吠叫的地步，如果我死后，恐怕这件事都要写进国史人物传了。"

天监六年（507年），徐勉官拜给事中、五兵尚书和吏部尚书。虽然权重位显，但他并不利用职权之便以经营产业，家中没有积蓄，俸禄也都分给亲族中的贫穷者。他的门生和好友都劝他，应当留些财产为子女考虑才是。徐勉回答说："别人给子孙留下的是金钱财宝，我要为子孙留下清白的名声。子孙如果有才能，可能通过自己的努力获得富贵，如果没有才干，留下的钱物也最终会被别人夺去。"

〔原文〕

徐勉①字修仁，东海郯②人也。……天监③二年，除④给事黄门侍郎、尚书吏部郎，参掌大选。迁侍中。时王师北伐，候驿填委⑥。勉参掌军书,劬劳⑥夙夜,动⑦经数旬,乃一还宅。每还,群犬惊吠。勉叹曰:"吾忧国忘家,乃至于此。若吾亡后,亦是传中一事。"六年,除给事中、五兵尚书,迁吏部尚书。……勉虽居显位,不营产业,家无蓄积,俸禄分赡亲族之穷乏者。门人故旧或从容致言。勉乃答曰:"人遗子孙以财,我遗之以清白。子孙才也,则自致辎軿⑧,如其不才,终为他有。"

——《梁书·徐勉传》

〔注释〕

①徐勉:南朝梁代人,后官至中书令。其诫子书,被世人传颂。梁朝一代公认的当宰相最好的是徐勉和范云。

②郯(shǎn):今山东郯城。

③天监:梁武帝的年号。

④除:拜官授职。

⑤候驿:传递消息、文件。填委:纷集,堆集。

⑥劬(qú)劳:劳累。

⑦动:动辄,动不动,常常。

⑧辎軿(zī píng):辎车、軿车都是有障蔽的车。这里指获得富贵和高官。

吕僧珍不私亲戚不益私宅

吕僧珍被授权持节任平北将军、南兖州刺史。他对部下用心公平，也不为亲戚谋私利。他伯父的儿子原来以贩卖大葱为职业，僧珍当官后，他便想不再卖葱，向僧珍请求在州里做个官。吕僧珍说："我蒙受国家大恩，无论怎样都不能报答，你们各自都有自己的名分，怎么能胡思乱想，提出这种请求呢？应当赶快回到你卖葱的市场去。"

吕僧珍在北市的住房已经很旧，门前有督邮办公的官署，乡里人都劝吕僧珍把督邮的官署迁走，扩大自己家的住宅。吕僧珍听后，非常生气，说："督邮是官署，从建立以来便在这个地方，怎么能迁移官署，扩大我的私人住宅呢？"

他的姐姐嫁给一个姓于的人，住在西市，小屋面临街上，与市场卖货的混居在一起，吕僧珍经常带着自己的随从仪仗队到姐姐家，并不因此而感到羞耻。

〔原文〕

（吕僧珍①）授使持节、平北将军、南兖州刺史。僧珍在任②，平心率下③，不私亲戚。从父兄子先以贩葱为业，僧珍既至，乃弃业欲求州官。僧珍曰："吾荷④国重恩，无以报效，汝等自有常分⑤，岂可妄求叨越，但当速反葱肆⑥耳。"僧珍旧宅在北市，为有督邮廨⑦，乡人咸劝徙廨以益其宅。僧珍怒曰："督邮官廨也，置立以来，便在此地，岂可徙之益吾私宅！"姊适于氏，住在西市，小屋临路，与列肆杂居，僧珍常导从卤簿⑧到其宅，不以为耻。

——《梁书·吕僧珍传》

〔注释〕

①吕僧珍：字元瑜，南朝梁东平范阳（今河北范阳）人。梁武帝时封平县侯，后任南兖州刺史。

②在任：在职。

③平心：用心公平。率：带领。

④荷：蒙受。

⑤常分（fèn）：固定的名分、职分。

⑥肆：店铺，或指专卖同类产品的市场。

⑦督邮：汉代以后各郡的重要属吏，代表太守督察县乡，宣达教令，兼司狱讼捕亡等事。每郡有两部、四部和五部等不同的情况，每部各有一督邮。廨：官署，官吏办公的地方。

⑧卤（lǔ）簿：古代帝王外出时的仪仗队。汉以后皇后、妃子、太子、大臣皆有卤簿，各有定别，并非天子特有。

太守担水还卖主

何远字义方，任武昌太守时，政绩显著，深得民心。那时武昌居民都习惯喝江水，到了盛夏季节，因江水温热，喝了容易得病，何远经常花钱买老百姓从井里打出来的凉水，因为他当太守，有人就不要钱，可是他不以官自居，自己挑水再还给卖主。其他类似的事情还有很多。

他任太守，乘的马车很破旧，家里用的东西没有贵重的漆器和铜器。长江一带水产品很多，价钱便宜，而他每顿饭不过吃几片干鱼片而已。

何远为人正直无私，从不接受别人的宴请和拜见，也不四处拜访别人。不论地位高低，书信往来，都用相同的礼节。不论遇见什么身份的人，何远都不屈己下人，为此遭到那些依附权贵的市侩的嫉恨。何远清心奉公，称得上是天下第一。他曾在几个郡做官，看见会引起人们私欲的东西和事物，从来不动心。妻子儿女跟着他受冻挨饿，就如同是平民百姓的妻子儿女。

〔原文〕

何远①字义方，……迁武昌太守。……武昌俗皆汲②江水，盛夏远患水温，每以钱买民井寒水，不取钱者，则摙③水还之。其他事率多如此。……车服尤弊素，器物无铜漆④。江左多水族⑤，甚贱，远每食不过干鱼数片而已。……远耿介无私曲，居人间，绝请谒，不造诣。与贵贱书疏⑥，抗礼⑦如一。其所会遇，未尝以颜色下人，以此多为俗士所恶。其清公实为天下第一。居数郡，见可欲终不变其心。妻子饥寒，如下贫者。

——《梁书·何远传》

〔注释〕

①何远：南朝东海郯城（今属山东郯城）人。梁武帝时历任东阳太守，后为征西咨议参军司马。

②汲：指担江水喝、用。

③摙（liǎn）：担水。

④铜漆：指比较昂贵的铜器和漆器。

⑤水族：鱼类等。

⑥书疏：信件。

⑦抗礼：行对等礼。

名臣治家

不以女受宠为荣

斛律金是北齐著名的将领,字阿六敦,山西朔州敕勒族人。世祖登上皇位以后,对他更加尊重,待遇也比以前更高,又让皇太子娶他的孙女为妃子。斛律金的大儿子斛律光是大将军,二儿子斛律羡和孙子斛律武都可以设置像三公一样的官府,成为统领一方的重要长官,其余子孙都被封为王侯,成为达官贵人。

在这样一个家庭里,出了一个皇后,两个皇帝的儿媳,三个公主,权势之重,门庭之盛,当时没有能比得上的。可是斛律光却不以此为荣,曾经对自己的大儿子斛律光说:"我虽然不读书,但是听说东汉以来的外戚梁冀等专擅朝政,没有一个有好下场的。如果女儿得到皇帝的宠爱,其他贵人就会嫉妒;如果女儿不得宠,天子就会嫌弃家人。我家从来就是靠建立功勋、忠心报国才得到的富贵,怎么能凭借女儿获取荣华富贵呢!"

他几次拒绝婚事,皇帝总是不允许,斛律金经常为此感到忧愁。

〔原文〕

斛律金①,字阿六敦,朔州敕勒部人。……世祖②登极,礼遇弥③重,又纳其孙女为太子妃。金长子光大将军,次子羡及孙武都并开府仪同三司④,出镇方岳⑤,其余子孙皆封侯贵达。一门一皇后,二太子妃,三公主,尊宠之盛,当时莫比。金尝谓光曰:"我虽不读书,闻古来外戚梁冀⑥等无不倾灭。女⑦若有宠,诸贵妒人;女若无宠,天子嫌⑧人,我家直以立勋⑨抱忠致富贵,岂可藉女也。"辞不获免,常以为忧。

——《北齐书·斛律金传》

〔注释〕

①斛律金:北齐著名将领,累封咸阳郡王。

②世祖:齐文宣帝高洋,北齐开国皇帝。

③弥:更加。

④开府仪同三司:开府原指成立府署、自选僚属。汉代仅三公、大将军、将军可以开府,魏晋以后,开府官员逐渐增多,因此有"开府仪同三司"(开府置官,援照三公成例)的名号。

⑤方岳:四方之岳。岳:高大之山。后用方岳称太守、刺史等地方长官。

⑥梁冀:东汉著名的外戚,官封大将军。两妹为顺帝、桓帝皇后。顺帝死后,他与妹梁太后先后立冲、质、桓三帝,专断朝政近二十年。后桓帝与宦官单超等人诛灭梁氏。

⑦女:指女儿。

⑧嫌:不满意,厌恶。

⑨立勋:建立功勋。

苏琼悬瓜不剖

苏琼字珍之,是武强人。郡中有一位叫赵颖的人,曾当过乐陵太守,八十岁时退休在家。五月初,新瓜上市,赵颖亲自捧了一只送给苏琼,他倚仗自己年老,再三恳请苏琼把瓜留下,苏琼没有办法,只得把瓜留下,但他没有切开,就把瓜挂在客厅的房梁上。人们知道苏琼接受了赵颖送的瓜,便争先恐后地来苏琼家献瓜,走到门口,得知赵颖送的瓜还在,便相互看看,又把瓜带回去了。

天保年间,郡里发生了大水灾,没有粮吃的有一千多家。苏琼把郡中部下有余粮的人家召集起来,带头把粮食借给饥饿无粮的人家。当时州里按户征收租税,苏琼又想推迟他们借贷粟米的时间。他的部下主簿对苏琼说:"虽救了受饥饿的人,您恐怕因此获罪。"苏琼说:"使一千多家都能保全活命,我没有什么怨言。"然后,他上书皇帝,如实陈述州郡状况,要求减免赋税。后来皇帝派人调查,准许了苏琼的做法,免去了这年的租税,老百姓才得以安身活命。

〔原文〕

苏琼①,字珍之,武强②人也。……郡民赵颖曾为乐陵③太守,八十致事归④。五月初,得新瓜一只自来送。颖恃年老,苦请,遂便为留,仍致于厅事梁上,竟不剖。人遂竞⑤贡新果,至门间,知颖瓜犹在,相顾而去。……天保⑥中,郡界大水,人灾,绝食者千余家,琼普集部中有粟家,自从贷粟以给付饥者。州计户征租,复欲推其贷粟⑦。纲纪⑧谓琼曰:"虽矜饥馁,恐罪累府君。"琼曰:"一身获罪,且活千室,何所怨乎?"遂上表陈状⑨,使检皆免,人户保安。

——《北齐书·苏琼传》

〔注释〕

①苏琼:北齐人,曾任清河太守,后为大理卿。齐亡后,仕周为博陵太守。

②武强:今河北武强县。

③乐陵:今山东乐陵市。

④致事归:退休归乡里。

⑤竞:争先恐后。

⑥天保:北齐文宣皇帝的年号。

⑦推其贷粟:延长贷借粟米的期限。

⑧纲纪:州郡的主簿。

⑨陈状:述说情况。

裴侠为世楷模

裴侠任建威将军、左中郎将。不久,孝武帝西奔长安,裴侠要跟随西迁,但他的妻子和孩子仍留在东郡。荥阳人郑伟对裴侠说:"现在正天下大乱,也不知谁胜谁负,你还不如到东郡和自己的妻子团聚,慢慢地再寻找栖身之地吧。"裴侠说:"尽忠尽义的道理,怎么能忽视呢?我既然拿了人家的俸禄,就应该尽职,怎么能因为妻子和孩子就改变呢?"

后来裴侠出任河北郡守。他生活俭朴,对待百姓就像对自己的孩子一样。自己吃的只有豆麦饭和咸菜,老百姓无不从心里爱戴他。这个郡原来有一种制度规定:由官府安排三十个渔夫、猎人,捕鱼打猎,专供郡守吃、用。裴侠说:"为了满足自己嘴和肚子的享受,便专门役使这么多人,这种事我不能干!"于是把这三十人全辞掉了。郡府里还有三十个劳力,供郡守使唤,他在私人方面一概不用,让他们替人干活,将收来的工钱为官府买马饲养。时间长了,马匹成群。裴侠离职调任之时,什么东西也没有入个人腰包。老百姓为他编了一首歌,歌中唱道:"肥肉鲜鱼不吃,役夫庸钱不要,裴公廉洁清正,真是天下楷模。"

裴公曾经和许多郡级官吏一起拜见皇帝。皇帝命令裴侠单独站在一旁,对那些官吏说:"裴侠清廉奉公,是当今天下第一,今天你们当中有和裴侠一样的人，可以和他站在一起。"大家都不出声，没有一个敢称和裴侠一样的。皇帝于是厚赏裴侠，朝野都十分叹服。因此，裴侠得到"独立君"的雅称。

〔原文〕

（裴侠①）授建威将军，左中郎将。俄而孝武西迁②，侠将行而妻子犹在东郡。荥阳郑伟谓侠曰："天下方乱，未知乌之所集③。何如东就妻子，徐择木焉④。"侠曰："忠义之道，庸可忽乎？吾既食人之禄，宁以妻子易图也。"……除河北郡守。侠躬履俭素，爱民如子，所食唯菽麦盐菜而已。吏民莫不怀之。此郡旧制，有渔猎夫三十人以供郡守。侠曰："以口腹役人，吾所不为也。"乃悉罢之，又有丁三十人，供郡守役使。侠亦不以入私，并收庸直，为官市马。岁月既积，马遂成群，去职⑤之日，一无所取。民歌之曰："肥鲜不食，丁庸不收，裴公贞慧⑥，为世规矩⑦。"侠尝与诸牧守俱谒太祖。太祖命侠别立，谓诸牧守曰："裴侠清慎⑧奉公，为天下之最，今众中有如侠者，可与之俱⑨立。"众皆默然，无敢应者。太祖乃厚赐侠。朝野叹服，号为独立君。

——《周书·裴侠传》

〔注释〕

①裴侠：字嵩和，北周河东解（今河南洛阳附近）人，以功进侯爵，后为河北郡守。

②俄：时间很短。孝武：后魏孝文帝之孙名修，初封平阳王。高欢入洛阳，废掉恭帝，立孝武帝。永熙末年，高欢自晋阳举兵，孝武帝西奔长安，建国称西魏。孝武帝后被宇文泰用药酒毒死。

③未知乌之所集：不知众向所归。因皇帝西奔，还看不出天下是谁的，故说不知道天下的人要拥戴谁。

④徐：慢慢。择木：选择栖身之树。意为选择、拥戴皇帝。

⑤去职：离职，调离。

⑥贞慧：忠于自己所重视的原则，又聪明有智慧。

⑦规矩：典范，楷模。

⑧清慎：廉洁，谨慎。

⑨俱：一起，一同。

赵轨拾椹还邻

赵轨从小爱好学习，品德高尚。北周的蔡王任他为秘书，赵轨以生活清苦出名，后来升为卫州刺史的佐官。隋文帝建立隋朝以后，他转任齐州别驾，能力很强。

赵轨家东边的邻居种了几株桑树，桑椹落到他家的院子里，他派人都拾起来，还给邻居，并告诫自己的几个儿子说："我这样做并不是追求名声，而是考虑到这不是劳动所得，不愿意侵犯别人。你们都应当记住我的话。"

赵轨在齐州四年，朝廷考核官吏的工作成绩，连年都是他最好。持节使梁子恭把赵轨的情况汇报上去，受到了隋文帝的嘉奖，赏赐给赵轨三百段布匹和三百石米，并征召他到朝廷任职。

赵轨赴任时，当地老百姓都来相送，舍不得他离开。他们含着眼泪说："您在这里做官，对百姓秋毫无犯，所以我们也不敢用酒来招待您。您廉洁得就像清水一样，为了表示我们的情意，今天就奉上一杯清水为您饯行。"于是，赵轨恭敬地用双手接过了那杯水一饮而尽。

〔原文〕

轨①少好学，有行检②。周蔡王引为记室③，以清苦闻。迁卫州治中④。

高祖受禅⑤，转齐州别驾⑥，有能名。其东邻有桑，椹落其家，轨遣人悉拾还其主，诫其诸子曰："吾非以此求名，意者非机杼之物⑦，不愿侵人。汝等宜以为诫。"在州四年，考绩⑧连最。持节使者邳阳公梁子恭状上，高祖嘉⑨之，赐物三百段，米三百石，征轨入朝。父老相送者，各挥涕曰："别驾在官，水火不与百姓交，是以不敢以壶酒相送。公清若水，请酌一杯水奉饯⑩。"轨受而饮之。

——《隋书·赵轨传》

〔注释〕

①轨：赵轨，隋洛阳（今河南洛阳）人。历任齐州别驾、原州总管司马、硖石刺史等职。

②行检：品行。

③记室：古代官名。旧时也用作秘书的代称。

④卫州：治所在汲县（在今河南卫辉市）。治中：隋时为郡守的佐官。

⑤高祖受禅：指北周丞相杨坚废年幼的静帝自立，建立隋朝一事。

⑥齐州：治所在历城（今山东济南市）。别驾：州郡长官的佐吏。

⑦机杼：指织布机，引申为纺织。

⑧考绩：考核官吏的工作成绩。

⑨嘉：称赞。

⑩奉饯：进献酒食送行。

朝堂斥子贪赃

陆让的母亲是上党地方冯家的女儿，性格仁爱，是做母亲的表率，陆让是她的养子。隋文帝仁寿年间，陆让任番州刺史，几次搜刮钱财，贪赃枉法，结果被司马告发。隋文帝派使者审讯验明，于是将陆让押送到长安，亲自审问。陆让声称冤枉，隋文帝又下令叫治书侍御史复审，审理的结论还是一样，就叫公卿百官商议怎么处理，百官们都说："陆让罪该处死。"隋文帝下诏批准百官奏章。

在陆让判处死刑前，冯氏蓬头垢面地来到朝堂，责骂陆让说："你没有汗马功劳，做了刺史，不能够尽忠报国，以报答皇帝的大恩，反而违犯法律，贪污钱财。如果说是司马诬陷你，那么百姓、百官不应该也都诬陷你。如果说皇帝不怜悯你，那么为什么又要叫侍御史复审你的案情呢？你难道是忠臣，是孝子吗？不忠不孝，还能算是人吗！"冯氏边说边流泪，哭得泣不成声，并亲自端了一碗粥给陆让吃。后来她又上表乞求哀免，写得感情真切，隋文帝看了很感动，连神色都改变了。

〔原文〕

陆让母者，上党①冯氏女也。性仁爱，有母仪，让即其孽子②也。仁寿③中，为番州④刺史，数有聚敛，赃货狼籍，为司马所奏。上遣使按之皆验，于是囚诣⑨长安，亲临问。让称冤，上复令治书侍御史抚按之，状不易前。乃命公卿百僚议之，咸曰："让罪当死。"诏可其奏⑥。

让将就刑，冯氏蓬头垢面⑦诣朝堂数让曰："无汗马之劳，致位刺史，不能尽诚奉国，以答鸿恩⑧，而反违犯宪章⑨，赃货狼籍。若言司马诬汝，百姓百官不应亦皆诬汝。若言至尊⑩不怜愍汝，何故治书覆⑪汝？岂诚臣？岂孝子？不诚不孝，何以为人！"于是流涕呜咽，亲持盂粥劝让令食。既而上表求哀，词情甚切，上愍然为之改容。

——《隋书·陆让母传》

〔注释〕

①上党：治所在壶关（今山西长治市北）。

②孽子：古时称妾媵所生的儿子。

③仁寿：隋文帝的年号。

④番州：即广州。

⑤诣：前往，去到。

⑥诏可其奏：下诏书批准奏章。

⑦蓬头垢面：头发蓬乱，脸上肮脏。

⑧鸿恩：大恩。

⑨宪章：典章制度。

⑩至尊：皇帝的代称。

⑪覆：察看，审察。

郑善果母

因父亲为王室尽忠而死,郑善果才几岁便被任为持节大将军,继承了开封县公的称号,享受一千户的租税收入。隋文帝开皇初年,又进封武德郡公。十四岁时,被封为沂州刺史,转任景州刺史,不久又做了鲁郡太守。

他的母亲性格贤明,节操凛然,广泛地涉猎书籍、历史,精通治理之道。每次郑善果处理政事,他的母亲就会坐在椅子上,在屏风后面听着。听到郑善果分析判断合理,回家后就很高兴,叫他坐下,谈笑风生;如果处理不当,或者随便发怒,他的母亲回屋后就蒙在被子里哭,整天不吃东西。郑善果伏在床前,也不敢起来。过了好久,母亲才会起来对他说:"我并不是对你生气,而是为你家感到惭愧。我自从成为郑家媳妇,侍奉你的父亲,看到他是一位忠心勤勉的人,做官清廉谨慎,大公无私,最后以身殉国,我也希望你不辜负父亲的这种心愿。你年幼失父,我只是一个寡妇,对你只有慈爱而没有威严,使你不懂得礼义,怎么可以担当得起忠臣的责任?你从儿童起就受封晋爵,现在成为一方的行政长官。这难道是靠你自己得来的吗?怎么可以不思前想后,随心所欲地乱发脾气,败坏公家的政事呢!这样做,既损害了家风,甚至会丢官失爵,又破坏了国家的法律,获罪不浅。我死的时候,又有什么脸面去见你死去的父亲呢?"

郑善果的母亲常常纺纱织布，直到半夜的时候才睡。郑善果问母亲："儿子封侯晋爵，是位居三品的高官，俸禄足够养家，您老人家为什么还要这样辛勤操劳呢？"母亲感叹说："唉，你现在年龄已不小了，我想你已经懂得天下的道理，今天听了你说的这话，原来你还没懂呢。这样看来，你怎么能办好公事呢？今天你得到的俸禄，是皇帝为了报答你父亲以身殉职才给的，应当散发赡养亲属，作为先人的恩德，怎么可以由妻子、儿女独自得利，享受富贵呢！而且纺丝织麻，是妇女的职责，上自王后，下至士大夫的妻子，都应当如此。如果不做的话，就不免骄奢淫逸。我虽然不知礼义，难道可以自己败坏名声吗？"

郑善果的母亲自从守寡以后，便不再用脂粉化妆，穿的是粗帛制成的衣服。她性格节俭，如果不是祭祀和招待宾客，平时酒肉不上桌。居住在一个安静的小屋中，也不出门。内外亲戚有红白喜事，只是赠送厚礼，不去拜访亲戚家。不是亲手制作的东西，以及庄园所产和俸禄赏赐所得，即使是亲戚赠送的东西都不许进门。

在母亲的影响下，郑善果历任州郡长官，都从家中带食物，在衙门中吃。公家供给的钱财，均不接受，都用来修治官府，或者分给下属官吏。由于克己奉公，郑善果被人们称为清官。隋炀帝派遣御史大夫张衡慰劳他，考核下来，他的政绩是最好的，于是被朝廷征召为光禄卿。他的母亲去世后，郑善果任大理卿，掌管刑狱，就逐渐骄奢起来，清廉公平也不如以往了。

〔原文〕

善果①以父死王事，年数岁，拜使持节、大将军，袭封开封县公，邑一千户。开皇初，进封武德郡公。年十四，授沂州刺史，转景州刺史，寻为鲁郡太守。

母性贤明，有节操，博涉书史，道晓治方。每善果出听事，母恒坐胡床②，于鄣③后察之。闻其剖断合理，归则大悦，即赐之坐，相对谈笑。若行事不允，或妄瞋怒，母乃还堂，蒙被而泣，终日不食。善果伏于床前，亦不敢起。母方起谓之曰："吾非怒汝，乃愧汝家耳。吾为汝家妇，获奉洒扫，如汝先君，忠勤之士也，在官清恪，未尝问私，以身徇国，继之以死，吾亦望汝副④其此心。汝既年小而孤，吾寡妇耳，有慈无威，使汝不知礼训，何可负荷忠臣之业乎？汝自童子承袭茅土⑤，位至方伯⑥，岂汝身致之邪？安可不思此事而妄加瞋怒，心缘骄乐，堕于公政！内则坠尔家风，或亡失官爵，外则亏天子之法，以取罪戾⑦。吾死之日，亦何面目见汝先人于地下乎？"

母恒自纺绩，夜分而寐。善果曰："儿封侯开国，位居三品，秩奉幸足，母何自勤如是邪？"答曰："呜呼！汝年已长，吾谓汝知天下之理，今闻此言，故犹未也。全十公事，何由济乎？今此秩俸，乃是天子报尔先人之徇命⑧也。当须散赡六姻，为先君之惠，妻子奈何独擅其利，以为富贵耶！又丝枲⑨纺绩，妇人之务，上自王后，下至大夫士妻，各有所制。若堕业者，是为骄逸。吾虽不知礼，其可自败名乎？"

自初寡，便不御⑩脂粉，常服大练⑪。性又节俭，非祭祀宾客之事，酒肉不妄陈于前。静室端居，未尝辄出门阁。内外姻戚有吉凶事，但厚加赠遗，皆不诣其家。非自手作及庄园禄赐所得，虽亲族礼遗，悉不许入门。

善果历任州郡，唯内自出馔⑫，于廨中食之，公廨⑬所供，皆不许受，悉用修治廨宇及分给僚佐。善果亦由此克己，号为清吏。炀帝遣御史大夫张衡劳之，考为天下最。征授光禄卿⑭。其母卒后，善果为大理卿⑮，渐骄恣，清公平允遂不如畴昔⑯焉。

——《隋书·郑善果母传》

〔注释〕

①善果：郑善果，荥泽（今河南郑州市西北）人。隋时历任沂州刺史、鲁郡太守，入唐后任检校大理卿、刑部尚书等职。

②胡床：一种可以折叠的轻便坐具。

③鄣：同"障"，屏障。

④副：符合，相称。

⑤茅土：指受封为王侯。古代皇帝设祭的坛用五色土建成，分封诸侯时，把一种颜色的泥土用茅草包好授给受封的人，作为分得土地的象征。

⑥方伯：一方诸侯之长，后来泛称地方长官。

⑦罪戾（lì）：罪。

⑧徇命：以身殉职。徇：通"殉"。

⑨丝枲（xǐ）：丝麻。

⑩不御：不用。

⑪大练：粗帛。

⑫馔（zhuàn）：食物。

⑬公廨（xiè）：官署，旧时官吏办公处的通称。

⑭光禄卿：掌管皇室酒醴膳食的高级官员。

⑮大理卿：掌管刑狱的高级官员。

⑯畴昔：往昔。

牛弘宽宏大量

牛弘为人宽厚，恭谨俭朴，学问精深渊博。在隋朝的旧臣中，始终得到信任，连后悔、吝惜的事都没做过的，只有牛弘一个人。

他的弟弟牛弼喜欢喝酒，还常常发酒疯，曾在喝醉后用箭射死牛弘驾车的牛。牛弘回到家里，他的妻子迎面对他说："叔叔射死了牛。"牛弘没有露出怪异的神色，也没多问，直接回答说："腌作牛肉干。"等他坐定后，妻子又说："叔叔忽然射死了牛，真是件怪事。"牛弘回答："我已经知道了。"神色泰然，读书不停。

〔原文〕

弘①宽厚恭俭，学术精博，隋室②旧臣，始终信任，悔吝③不及者，唯弘一人而已。弟弼④，好酒而酗⑤，尝因醉射杀弘驾车牛。弘来还宅，其妻迎谓之曰："叔射杀牛。"弘无所怪问，直答云："作脯⑥。"坐定，其妻又曰："叔忽射杀牛，大是异事！"弘曰："已知之矣。"颜色自若，读书不辍⑦。

——《资治通鉴》卷181 大业六年

〔注释〕

①弘：牛弘，字里仁，安定鹑觚（今甘肃灵台县东北）人。隋初

任礼部尚书、吏部尚书等职，曾参与修礼、制乐等工作。

②隋室：隋朝。

③悔吝：悔恨。

④弼：牛弼，牛弘的弟弟。

⑤酗（xù）：同"酗"，发酒疯。

⑥脯：肉干。

⑦不辍（chuò）：不停。

人皆因禄富，我独以官贫

房彦谦在家中，每逢儿子、侄儿早晚向他请安，常常孜孜不倦地教诲、勉励他们努力上进，勤奋好学。他家祖传的财产很富足，再加上他当官的俸禄也不少，但都被他用来周济亲友，结果家里没有多余的钱财。他用的车马、器物和穿的衣服都很朴素。自小到老，他的一言一行从不涉及私事，尽管家财常常不足，房彦谦总是泰然处之。

有一回，他悠然自得，笑着对儿子房玄龄说："人家都由于当官得到的俸禄而富起来，我做官却很穷，留给子孙们的就是'清白'两个字了。"

〔原文〕

彦谦①居家，每子侄定省②，常为讲说督勉之，亹亹不倦③。家有旧业，资产素殷④，又前后居官，所得俸禄，皆以周恤⑤亲友，家无余财，车服器用，务存素俭。自少及长，一言一行，未尝涉私，虽致屡空，怡然自得⑥。尝从容独笑，顾谓其子玄龄曰："人皆因禄富，我独以官贫。所遗子孙，在于清白耳。"

——《隋书·房彦谦传》

〔注释〕

①彦谦：房彦谦，字孝冲，隋齐州临淄（今山东淄博东北）人。历任长葛令、都州司马、司隶刺史。

②定省（xǐng）："昏定晨省"的略语，指子女早晚向父母问安。

③亹亹（wěi）不倦：勤勉不倦。

④殷：富足。

⑤周恤：周济，救济。

⑥怡（yí）然：安适愉快的样子。

屏风上的格言

唐初大臣房玄龄经常告诫孩子们不要骄奢淫逸,误入歧途,也不能因为出身名门大族,盛气凌人。他收集了古今圣贤治家的格言,亲自书写在屏风上,然后召集子女,分给他们每人一扇屏风,语重心长地对他们说:"如果你们能按照这些格言去做,那就足以保全自身,功成名就。"又说:"袁氏家族几代忠于朝廷,高风亮节,我很尊重他们,希望你们以他们为师。"

〔原文〕

玄龄尝诫诸子以骄奢沉溺①,必不可以地望②凌人,故集古今圣贤家诫,书于屏风,令各取一具,谓曰:"若能留意,足以保身成名。"又云:"袁家累叶忠节③,是吾所尚④,汝宜师之。"

——《旧唐书·房玄龄传》

〔注释〕

①玄龄:房玄龄,字乔,唐代齐州临淄(今山东淄博东北)人。历任中书令、尚书左仆射,长期执政,与魏徵等同为唐太宗的重要助手。沉溺:沉迷而不省。

②地望:指门族。

③袁家累叶忠节：袁氏家族从南朝宋袁淑以来，袁凯、袁昂、袁宪等都尽忠朝廷。

④尚：崇尚，尊重。

尉迟敬德富不易妻

唐太宗曾经对尉迟敬德说:"我想把女儿嫁给你做妻子,怎么样?"尉迟敬德叩头辞谢,说:"我的妻子虽然粗俗丑陋,一起过贫贱生活的时间已经很长了。我虽然没有学问,也听说过古人富贵了不换妻子的事,况且这不是我所愿意的。"唐太宗只得作罢。

〔原文〕

上又尝谓敬德曰①:"朕②欲以女妻卿,何如?"敬德叩头谢曰:"臣妻虽鄙陋③,相与共贫贱久矣。臣虽不学,闻古人富不易妻,此非臣所愿也。"上乃止。

——《资治通鉴》卷195 贞观十三年

〔注释〕

①上:指唐太宗。敬德:尉迟恭,字敬德,朔州善阳(今山西朔州市)人,唐初大将。在玄武门之变中,帮助李世民夺取帝位。
②朕(zhèn):皇帝的自称。
③鄙陋:粗俗。

勤奋去做三件事

李袭誉性格严肃,以威严闻名。他做官得到俸禄,必定要分给宗族的亲属,多余的钱就用来买纸墨,抄写书籍。从扬州罢官回来,他带的经、史书籍装满了好几车。

李袭誉曾经对子孙们说:"我在京城附近有皇帝赏赐的十顷土地,河内有千株桑树,耕种这些田地,养蚕织布,就可以丰衣足食。江东有我抄写的书籍,你们努力学习,就可以做官。我死后,只要你们能够勤奋地去做这三件事,那么又何必去羡慕他人呢!"

〔原文〕

袭誉①性严整,所在以威肃闻。凡获俸禄,必散之宗亲②,其余资多写书而已。及从扬州罢职,经史遂盈数车。尝谓子孙曰:"吾近京城有赐田十顷,耕之可以充食;河内有赐桑千树,蚕③之可以充衣;江东所写之书,读之可以求官。吾没之后,尔曹④但能勤此三事,亦何羡⑤于人。"

——《旧唐书·李袭誉传》

〔注释〕

①袭誉:李袭誉,字茂实,唐金州安康(今陕西安康)人。历任

扬州大都督府长史、江南巡察大使。

②宗亲：宗族亲属。

③蚕：养蚕。

④尔曹：你等，你们。

⑤羡：羡慕。

欧阳询妻教子

欧阳询是唐初四大书法家之一。他起初学习东晋王羲之的书法，后来在王羲之字体的基础上融会变化，笔力雄健险峻，自成"欧体"，被人称为一时之绝。人们得到他的书信，都视同珍宝，作为书法的典范。

他的儿子欧阳通，早年丧父，由母亲徐氏教他欧阳询的书法。徐氏每次拿钱给欧阳通，骗他说："这是用你父亲的书法换来的钱。"欧阳通很羡慕父亲能有这样的名声，因此夜以继日，孜孜不倦地勤学苦练，后来，他的书法成就仅次于欧阳询。

〔原文〕

询初学王羲之书①，后更渐变其体，笔力险劲，为一时之绝，人得其尺牍②文字，咸以为楷范焉③。……子通，少孤，母徐氏教其父书。每遗通钱，绐④云："质汝父书迹之直⑤。"通慕名甚锐，昼夜精力无倦，遂亚于询。

——《旧唐书·欧阳询传》

〔注释〕

①询：欧阳询，字信本，潭州临湘（今湖南长沙）人。官至太子

率更令、弘文馆学士，封渤海县男，与虞世南、褚遂良、薛稷并称为唐初四大书法家。王羲之：字逸少，琅邪临沂（今属山东）人。官至右军将军、会稽内史，是东晋著名的书法家。

②尺牍：牍是古代书写用的木简。用一尺长的木简作书信，故称尺牍。后世用尺牍作为书信的通称。

③咸：都。楷范：法式，典范。

④绐（dài）：欺骗。

⑤质：典当，抵押。直：通"值"。

王义方弹劾权臣

中书令李义府倚仗官大权重，行为十分放纵。他听说一个叫淳于氏的妇女很美，因案件牵连被关押在刑狱中，就托大理丞毕正义违法曲断案情，释放出狱，把她接到家中。有人告发了这件事，皇帝派刘仁轨进行调查、审讯，李义府恐怕阴谋泄露，就杀人灭口，在狱中打死了毕正义。

侍御史王义方准备弹劾李义府，对他的母亲说："现在奸臣当道，如果我不告发，只知道当官拿俸禄而放弃职责，这是对朝廷不忠；如果我挺身而出，势必有生命危险，就再也不能服侍您老人家了，这是对您的不孝。我左思右想，进退两难，不知道怎么办好。"他的母亲坚定地说："我听说汉代王陵的母亲，宁愿杀身成仁，成全儿子尽义，你如果能尽忠皇帝，留下千古美名，我就是死了也没有一点悔恨。"王义方听了母亲的这番话，就戴上法冠，到朝廷弹劾李义府的罪状。

〔原文〕

李义府①恃恩放纵，妇人淳于氏有容色，坐系大理②，乃托大理丞毕正义曲断出之。或有告之者，诏刘仁轨鞫之③，义府惧谋泄，毙正义于狱。侍御史王义方④将弹之，告其母曰："奸臣当路，怀禄而旷官⑤，不忠；老母在堂，犯难以危身，不孝。进退惶惑，不知所从。"

母曰："吾闻王陵母杀身以成子之义，汝若事君尽忠，立名千载，吾死不恨焉。"义方乃备法冠⑥，横玉阶弹⑦之。

——刘肃《大唐新语》

〔注释〕

①李义府：唐代瀛州饶阳（今属河北）人，迁居永泰（今四川盐亭）。历任中书舍人、中书侍郎、参知政事、中书令、右相等职。

②大理：古代中央审判机关，职掌审核刑狱案件。

③刘仁轨：字正则，唐代尉氏（今河南尉氏县）人。历任给事中、青州刺史、尚书左仆射等职。鞫（jū）：审讯。

④王义方：唐代涟水（今江苏涟水县北）人。历任晋王府参军、侍御史等职。

⑤旷官：荒废官职。

⑥法冠：原是楚王佩戴的冠，后来秦朝御史、汉代的使节以及执法者也戴这种冠。

⑦弹：弹劾。

李勣珍惜粮食

英公李勣当宰相时,家乡有个人去拜访他,他设席款待这位老乡。同乡吃饼时把饼的边皮撕下扔掉,英公看了就说:"你这个青年人,太不懂事了。这饼来之不易,麦子播种前要把地深耕两遍,然后下种、锄草,收割打场簸扬后,再碾磨筛细,制成面粉,最后才做成这样一块饼。你却撕掉饼的边皮不吃,是什么道理?你在我这里这样做还可以得到原谅,假如在皇帝面前也这样,稍有差错就砍了你的脑袋。"

同乡听了,感到很是惭愧和害怕。

〔原文〕

英公①时为宰相,有乡人尝过宅,为设食。食客裂却②饼缘,英公曰:"君大年少。此饼犁地两遍熟,概下种、锄耨、收刈③、打飏④讫,硙⑤罗作面,然后为饼。少年裂却缘,是何道?此处犹可,若对至尊⑥前,公作如此事,参差斫却⑦你头。"客大惭悚。

——张鷟《朝野佥载》

〔注释〕

①英公:李勣,字懋功,唐代曹州离狐(今山东菏泽市东明县)人。曾任黎州总管,封英国公,后拜尚书左仆射,进司空。

②却：去，掉。

③刈（yì）：割。

④飏（yáng）：扬，簸动，掀起。

⑤硙（wèi）：磨。

⑥至尊：指皇帝。

⑦斫（zhuó）却：砍掉，斩去。

李勣的临终嘱托

唐初大将李勣官至司空、太子太师,封英国公,他晚年病重时,唐高宗下令他在外任职的儿子回京城,侍候李勣。高宗及太子所赐的药,李勣算是吃了,儿子们为他请医生,他都拒绝了,说:"我本来只是一个乡巴佬,逢到圣明的皇帝,才做到三公的大官,现在已年近八十,这难道不是命吗?一个人生命的长短总是有一定的期限,怎么能够再就医求活命呢!"

一天,李勣忽然对任司卫少卿的弟弟李弼说:"我今天身体稍微好了些,可以叫大家聚会饮酒,快乐快乐。"于是把子孙们都召来举行宴会,行酒即将结束时,李勣对李弼说:"我自料快死了,所以这样做,是想和你们告别。你们大家不要悲伤哭泣,听我吩咐。我看宰相房玄龄、杜如晦他俩平生勤恳劳苦,仅仅能自立门户,但遇到不肖子孙,把家业都搞光了。现在,我的这些子孙都交托给你了。我死后安葬完毕,你就马上迁到我房里,抚养那些孤儿幼孩,谨慎地看管好他们。如果有沾染恶习、与坏人交往的不肖子孙,都先打、杀了,然后再奏闻朝廷。"李勣讲完这番话就闭口不言了。

李勣治家很严,家庭关系十分和睦。他的姐姐有一次生病,当时李勣已担任仆射,他还亲自为姐姐煮粥,风吹火旺,烧着了他的鬓发。姐姐心痛地说:"家里有的是仆从、婢女,你何必让自己这样辛苦呢!"李勣回答说:"并不是因为没人可以使唤,我是看姐姐老了,即使我再想为姐姐煮粥,恐怕机会也不多了!"

〔原文〕

　　司空、太子太师、英贞武公李勣寝疾①,上②悉召其子弟在外者,使归侍疾。上及太子所赐药,勣则饵③之,子弟为之迎医,皆不听进,曰:"吾本山东田夫,遭值圣明,致位三公,年将八十,岂非命邪!修短④有期,岂能复就医工求活!"一日,忽谓其弟司卫少卿弼曰:"吾今日少愈,可共置酒为乐。"于是子孙悉集,酒阑⑤,谓弼曰:"吾自度⑥必不起,故欲与汝曹为别耳。汝曹勿悲泣,听我约束。我见房、杜⑦平生勤苦,仅能立门户,遭不肖子荡覆无余。吾有此子孙,今悉付汝。葬毕,汝即迁入我堂,抚养孤幼,谨察视之。其有志气不伦,交游非类者,皆先挝杀⑧,然后以闻。"自是不复更言。……

　　闺门雍睦⑨而严。其姊尝⑩病,勣已为仆射,亲为之煮粥,风回,爇⑫其须鬓。姊曰:"仆妾幸多,何自苦如是!"勣曰:"非为无人使令也,顾姊老,虽欲久为姊煮粥,其可得乎!"

　　　　　　　　　　——《资治通鉴》卷201 总章二年

〔注释〕

　　①寝疾:卧病。

　　②上:指唐高宗。

　　③饵:食。

　　④修短:指生命的长短。

　　⑤酒阑:行酒结束时。

　　⑥自度:自己估计、推测。

⑦房、杜：房玄龄、杜如晦，都是唐初著名的大臣。两人共掌朝政，订立各种典章制度，当时人们合称他们为"房杜"。

⑧挝（zhuā）杀：打死。

⑨雍睦：和睦。

⑩尝：曾经。

⑫爇（ruò）：点燃，焚烧。

好消息与坏消息

崔玄暐是博陵安平人,唐高宗时,经明经科的科举考试,后来任库部员外郎。

他的母亲卢氏曾经告诫他说:"我听姨兄屯田郎中辛玄驭说:'儿子做官,有人来讲他生活贫困,这是好消息。如果他拥有大量财产,穿着华丽的衣服,乘肥马大车,这是坏消息。'我非常欣赏这话,认为这是非常对的。我看到亲戚中不少做官的,大多将钱财上交给父母,而那些父母得了钱财,只知道喜欢,也不问问那些钱财到底是从哪里来的。如果那些钱财是子女做官得到的俸禄用不完留下来的,那倒还算好。如果不是从正路得来,那么,这和做盗贼有什么区别呢?即使没有什么大祸害,难道自己就不感到问心有愧吗?从前,孟子的母亲不接受儿子做官时送来的鱼干,就是这个缘故啊。现在你做了官,享受国家的俸禄,已经很荣幸了,如果不能忠于职守,清白廉洁,那怎么能上对得起天,下对得起地呢?希望你今后注意修养,洁身自爱,不要辜负了我对你的一番教导。"

后来,崔玄暐官至侍郎、中书令,一直遵循母亲的教导,从不接受人家送的礼,留下了清廉的名声。

〔原文〕

崔玄暐①，博陵安平人也。……龙朔②中，举明经③，累补库部员外郎。其母卢氏尝诫之曰："吾见姨兄屯田郎中辛玄驭④云：'儿子从宦⑤者，有人来云贫乏不能存，此是好消息。若闻赀货⑥充足，衣马轻肥⑦，此恶消息。'吾常重此言，以为确论。比见亲表中仕宦者，多将钱物上其父母，父母但知喜悦，竟不问此物从何而来。必是禄俸余资，诚亦善事。如其非理所得，此与盗贼何别？纵无大咎⑧，独不内愧于心？孟母不受鱼鲊之馈，盖为此也。汝今坐食禄俸，荣幸已多，若其不能忠清，何以戴天履⑨地？……特宜修身洁己，勿累吾此意也。"玄暐遵奉母氏教诫，以清谨见称。

——《旧唐书·崔玄暐传》

〔注释〕

①崔玄暐：唐代博陵安平（今河北安平县）人。历任天官侍郎凤阁侍郎、中书令。

②龙朔：唐高宗的年号。

③明经：唐代科举制度中的科目之一，与进士科并列，主要考经义。

④辛玄驭：唐代武则天时任屯田郎中。

⑤从宦：做官。

⑥赀货：财产。

⑦衣马轻肥：形容豪华的生活。

⑧咎（jiù）：灾祸，灾殃。

⑨履（lǚ）：踩踏。

李义琰不营美室

李义琰的住宅没有正室,他的弟弟李义琎任岐州的司功参军,就买了造堂屋的木材送来。

等李义琎来见他,李义琰对他说:"皇帝任我做宰相,我已感到有愧,现在再造高级的住房,只是加速我的灾祸的到来,这难道是爱我的表现吗?"李义琎说:"一般人做了丞尉这样的小官,就要建造住宅,哥哥官职很高,俸禄丰厚,难道适宜住这样简陋的房子吗?"李义琰回答道:"事情难以两全,我做了高官,再要大兴土木,扩大住宅,如果没有美德的话,必然要遭殃。我也并不是不想造房,是怕因此获罪。"

李义琰终究没有造房,那些买来的木材堆在外面,遭到风吹雨打都腐朽了,最后都扔掉了。

〔原文〕

义琰宅无正寝①,弟义琎为岐州司功参军②,乃市③堂材送焉。及义琎来觐④,义琰谓曰:"以吾为国相,岂不怀愧,更营⑤美室,是速吾祸,此岂爱我意哉!"义琎曰:"凡人仕为丞尉,即营第宅,兄官高禄重,岂宜卑陋以逼下也?"义琰曰:"事难全遂,物不两兴。既有贵仕,又广其宅,若无令德⑥,必受其殃。吾非不欲之,惧获戾⑦

也。"竟不营构，其木为霖雨所腐而弃之。

——《旧唐书·李义琰传》

〔注释〕

①义琰（yǎn）：李义琰，唐代魏州昌乐（今河南南乐县）人。历任同中书门下三品、怀州刺史。正寝：房屋的正室。

②岐州：治所在陕西雍县。司功参军：唐代州府佐吏之一，在州称司功参军。

③市：买。

④觐（jìn）：会见。

⑤营：营造，建造。

⑥令德：美德。

⑦戾（lì）：罪。

不为儿子谋官职

李日知是郑州荥阳人,唐玄宗时任刑部尚书。后来,他数次上书皇帝,乞求告老还乡。经皇帝同意,他就返回了故乡荥阳。

李日知请求退休,事先并没有与妻子商量。回家以后,他才把这件事告诉妻子,并叫手下的人整理行装,准备搬到另外一处田庄去居住。他的妻子听说丈夫已经辞官退休,感到很惊讶,埋怨他说:"你在京城当大官,家里空荡荡的,也没有多少财产。你也不想想,几个儿子现在还都没有一官半职,你为什么就辞官不做了呢?"

李日知说:"我原来只是一个读书人,能官至刑部尚书,已经远远超过了本来的愿望。人往往会贪得无厌,如果不加以克制,放任自流,那就不会有知足的时候。"

李日知返回田园之后,也不置办产业,只是在田庄里修筑一些亭台池榭,并多结交青年人,和他们一起谈论、聚会,就这样度过了晚年。

〔原文〕

李日知①,郑州荥阳人也。……先天②元年,转刑部尚书,罢知政事。频乞骸骨③,请致仕,许之。初,日知将有陈请,而不与妻谋,归家而使左右饰装,将出居别业④。妻惊曰:"家产屡空,子弟名宦未立，何为遽辞职也？"日知曰："书生至此，已过本分。人情无厌，若恣⑤其心，是无止足之日。"及归田园，不事产业，但葺构⑥池亭，多引后进，与之谈宴。开元三年卒。

——《旧唐书·李日知传》

〔注释〕

①李日知：唐代郑州荥阳（今河南荥阳东北）人。历任司刑丞、刑部尚书。

②先天：唐玄宗的年号。

③乞骸骨：请求告老还乡。

④别业：别墅。

⑤恣：放纵。

⑥葺构：修理，建筑。

姚崇不护子短

宰相姚崇的两个儿子在洛阳御史分司任职,倚仗父亲提拔过魏知古,干了些招权请托的不法行为。魏知古回京,把这些情况都汇报给了唐玄宗。

一天,唐玄宗装作很随便的样子问姚崇:"你的儿子的才干和品行怎样?现在做什么官啊?"姚崇揣度到皇帝的意思,回答说:"我有三个儿子,两个在东都洛阳,他俩贪欲多,行为又不检点,必定是干了什么事触犯了魏知古,我还来不及问他们。"玄宗起先以为姚崇必定要为儿子隐讳护短,听了姚崇的话,高兴地问:"你怎么知道的?"姚崇回答说:"魏知古做小吏的时候,我保护、提拔过他,我儿子糊涂,认为魏知古必定会感激我,纵容他们干非法的事,所以敢于去请托。"

唐玄宗因此认为姚崇毫无私心,反而觉得魏知古对不起姚崇,想要斥退他。姚崇坚决地请求说:"我儿子行为不检点,扰乱了朝廷法度,陛下赦免他的罪,这已经是幸运了。如果因为我而放逐魏知古,天下人必定都要说陛下对我有私心,这就妨害现在圣明的政治了。"

〔原文〕

崇二子分司东都①,恃其父有德于知古②,颇招权请托;知古归,悉③以闻。他日,上从容问崇:"卿子才性何如?今何官也?"崇揣知上意，对曰："臣有三子，两在东都，为人多欲而不谨；是必以事干④魏知古，臣未及问之耳。"上始以崇必为其子隐⑤，及闻崇奏，喜问："君安从知之？"对曰："知古微时，臣卵而翼之⑥。臣子愚，以为知古必德⑦臣，容其为非，故敢干之耳。"上于是以崇为无私，而薄知古负崇，欲斥之。崇固请曰："臣子无状⑧，挠⑨陛下法，陛下赦其罪，已幸矣；苟因臣逐知古，天下必以陛下为私于臣，累圣政矣。"

——《资治通鉴》卷211 开元二年

〔注释〕

①崇：姚崇，唐代陕州硖石（今河南三门峡南）人。历任武则天、睿宗、玄宗朝宰相，与宋璟一起被称作唐朝贤相。东都：指洛阳。

②知古：魏知古，唐代陆泽（今河北深州市北）人。历任黄门侍郎、侍中等职，封梁国公。

③悉：都。

④干：干谒，请托。

⑤隐：隐讳。

⑥卵而翼之：如鸟翼覆卵，比喻养育、庇护。

⑦德：感激，报恩。

⑧无状：无善状，行为不检点。

⑨挠：扰乱。

战乱后寻访亲属

安史之乱时,常山太守颜杲卿起兵抵抗,壮烈牺牲。他的儿子颜泉明居住山西寿阳,被史思明俘虏,裹在牛革中,押送到叛军巢穴范阳。正遇上安庆绪杀死父亲安禄山,自立为帝,实行大赦,颜泉明才免于一死。史思明投降之后,颜泉明得以回家,在洛阳找到了父亲颜杲卿和部将袁履谦两人的尸体,便将他们大殓入棺,一起运了回来。

当时,颜杲卿姊妹的女儿和颜泉明的子女都流落在河北。时任蒲州刺史的颜真卿叫颜泉明去寻找他们的下落,颜泉明一路悲泣,多方寻访,感动了路上的行人,很久才找到他们。然后,颜泉明到亲戚故人家借钱赎人,随借随赎,先赎姑姑的孩子,然后才赎自己的子女。他姑姑的女儿被人掠卖,颜泉明手头只有二百缗钱,他想先赎自己的女儿,但考虑到姑姑的愁苦,便先赎回姑姑的女儿。等到他再凑到钱,想去赎自己的女儿时,却再也找不到了。

颜泉明在寻访中,遇到堂房姊妹,以及父亲手下将吏如袁履谦等人的妻子、儿女流落他乡的,都予以收容,带他们回来,总共有五十多家、三百多口人,一路上大家分享钱粮,就像亲戚一样。返回蒲州以后,颜真卿都加以供养,时间长了,又根据他们各自的需要,给路费送他们重返家园。袁履谦的妻子起先怀疑她丈夫的寿服简薄,打开棺材一看,和颜杲卿没有差别,方知错怪了颜泉明,感到十分羞愧,从心里佩服他的为人。

〔原文〕

杲卿①子泉明为王承业所留，因寓居寿阳②，为史思明③所虏，裹以牛革，送于范阳④，会安庆绪⑤初立，有赦，得免。思明降，乃得归，求其父尸于东京⑥，得之，遂并袁履谦⑦尸棺敛以归。杲卿姊妹女及泉明之子皆流落河北；真卿时为蒲州刺史，使泉明往求之，泉明号泣求访，哀感路人，久乃得之。泉明诣⑧亲故乞索，随所得多少赎之，先姑姊妹而后其子。姑女为贼所掠，泉明有钱二百缗，欲赎己女，闵⑨其姑愁悴，先赎姑女，比更⑩得钱，求其女，已失所在。遇群从姊妹，及父时将吏袁履谦等妻子流落者，皆与之归，凡五十余家，三百余口，均减资粮，一如亲戚。至蒲州，真卿悉加赠给，久之，随其所适而资送之。袁履谦妻疑履谦衣衾俭薄，发棺视之，与杲卿无异，乃始惭服。

——《资治通鉴》卷220 乾元元年

〔注释〕

①杲卿：颜杲卿，字昕，京兆万年（今陕西西安）人，任常山（今河北正定）太守。安史之乱时，他与从弟平原太守颜真卿联合起兵抵抗，他率军民坚守常山，宁死不屈，后常山陷落，遭叛军杀害。

②寿阳：今山西省寿阳县。

③史思明：宁夷州突厥族人，官至平卢兵马使。唐玄宗时，他和安禄山一起发动叛乱，史称"安史之乱"。

④范阳：治所在蓟县（今河北蓟州区）。

⑤安庆绪：安禄山次子。安禄山叛乱称帝时，安庆绪封晋王，后

杀死安禄山，自立为帝，后被史思明所杀。

⑥东京：唐代以洛阳为东京。

⑦袁履谦：唐天宝年间任常山长史，安禄山叛乱时，他与太守颜杲卿共同起兵抵抗，后城陷，壮烈牺牲。

⑧诣：往、到。

⑨闵：同"悯"，同情。

⑩比更：及至。

三携至门不敢言

李廙任尚书左丞的时候，有廉洁的品行。他的妹妹是宰相刘晏的妻子。当时刘晏掌权，有一回他到李廙家去。李廙把他请到屋里，刘晏看见李家挂的门帘都坏了，就暗中估计了门的尺寸，回家以后就叫人用粗竹编织了一件简朴的门帘，边上也不加任何的装饰，想送给李廙。然而，刘晏把这件门帘三次带到李廙的家门口，考虑到李廙从不接受人家的赠礼，终究没有说出口，还是带着它离开了李家。

〔原文〕

李廙为尚书左丞①，有清德②。其妹，刘晏③妻也。晏方秉权④，尝造⑤廙宅。延⑥晏至室，见其门帘甚弊，乃令潜度⑦广狭，以粗竹织成，不加缘饰⑧，将以赠廙。三携至门，不敢发言而去。

——李肇《唐国史补》

〔注释〕

①李廙：本名李溪，陇西成纪（今甘肃临洮县）人，唐代大臣，曾任尚书左丞。尚书左丞：唐代的尚书省左丞总辖吏、户、礼三部。

②清德：廉洁的德行。

③刘晏：字士安，曹州南华（今山东东明县）人。唐德宗时任吏

部尚书,同平章事,是唐代著名的理财家。

④秉权:掌权。

⑤造:往,到。

⑥延:邀请。

⑦潜度:暗中估计、推测。

⑧缘饰:镶边。

不以祖产换官职

萧复字履初，是太子太师萧嵩的孙子，新昌公主的儿子。父亲萧衡官至太仆卿、驸马都尉。萧复年轻时情操高尚，当时他的一些叔伯兄弟，都竞相比谁的车马华丽，生活上追求奢侈的享受，而萧复身穿洗过的旧衣服，独居一室，学习不倦，不是文人学士不与之交朋友。他的伯父萧华常常感叹不已，认为难得。因为母亲新昌公主的缘故，萧复起先受封为宫门郎，后升迁为太子仆。

唐代广德年间，连年灾荒，谷价昂贵。萧复家境清贫，想卖掉昭应别墅。当时宰相王缙听说这别墅园林秀美，很想要到手，就叫弟弟王纮去劝说利诱，说："像你萧复这样的人才，本来就应当身居要职，如果能把别墅奉送给家兄的话，就提拔你担任高官。"萧复断然拒绝说："我因为家里贫穷，想卖掉祖传的旧业，目的是抚养家族中的孤儿寡母，如果我用它来换取自己的官职，而叫族中的孤儿寡母受冻挨饿，这不是我所愿意的。"王缙没有达到目的，耿耿于怀，就罢了萧复的官。萧复虽然被罢官好几年，但依然处之泰然。

〔原文〕

萧复①字履初，太子太师嵩之孙，新昌公主②之子。父衡，太仆卿、驸马都尉③。少秉清操，其群从兄弟，竞饰舆马④，以侈靡相尚，复衣浣濯之衣⑤，独居一室，习学不倦，非词人儒士不与之游，伯华每欢异之。以主荫⑥，初为宫门郎，累至太子仆。

广德⑦中，连岁不稔⑧，谷价翔贵，家贫，将鬻⑨昭应别业。时宰相⑩闻其林泉之美，心欲之，乃使弟纮诱焉，曰："足下之才，固宜居右职⑪，如以别业奉家兄，当以要地处矣。"复对曰："仆以家贫而鬻旧业，将以拯济孀幼耳，倘以易美职于身，令门内冻馁，非鄙夫之心也。"缙憾之，乃罢复官。沉废数年，复处之自若。

——《旧唐书·萧复传》

〔注释〕

①萧复：字履初，唐代南兰陵（今江苏常州西北）人。历任歙州、池州刺史，门下侍郎等职。

②新昌公主：唐玄宗李隆基的女儿。

③太仆卿：九卿之一，掌皇帝的舆马和马政。驸马都尉：掌皇帝副车之马，是近侍官的一种。

④舆（yú）马：车马。

⑤衣：穿。浣濯（huàn zhuó）：洗涤。

⑥荫：封建时代子孙因为祖先官爵而受封，称为荫。

⑦广德：唐代宗的年号。

⑧稔（rěn）：庄稼成熟。

⑨鬻（yù）：卖。

⑩宰相：指王缙。

⑪右职：重要的职位。

李晟教女

　　崔枢的妻子是太尉西平王李晟的女儿。西平王生日那天，举行了盛大的宴会。正在吃饭的时候，有个婢女走到崔枢妻子身边，附在她的耳边低声说了好长时间，崔枢妻子点点头，离开了宴席。

　　不久，她又回来了。西平王就问女儿："有什么事啊？"女儿说："昨天晚上婆婆身体有些不舒服，我派人去探望病情。"西平王一听，扔掉了手中的筷子，生气地说："我生了你这样的女儿，真是家门的不幸啊！你做了人家的媳妇，哪有婆婆身体不好，你却不去煎汤熬药，服侍老人，反而在这里为父亲过生日，我有你这样不孝顺的女儿，过生日又有什么用呢？"

　　于是，西平王马上下令叫女儿乘着轿子回婆家，然后又亲自赶到崔家问候亲家的病情，并再三道歉，说自己教育子女不周。和他家联姻的亲族听到这件事以后，无不为之感动。

　　西平王的妻子李夫人也具备妇德，治家严肃有方，她规定家里人都不许追求时髦的梳妆打扮。在功臣之家中，西平王李晟家的礼法是很突出的。

〔原文〕

　　崔吏部枢夫人，太尉西平王①女也。西平生日，中堂大宴，方食②,有小婢附崔氏妇耳语久之,崔氏妇颔③之而去。有顷④,复至,王问曰:"何事?"女对曰:"大家⑤昨夜小不安适,使人往候。"王掷箸⑥怒曰:"我不幸有此女,大奇事!汝为人妇,岂有阿家体候不安,不检校汤药,而与父作生日,吾有此女,何用作生日为?"遽遣走檐子⑦归,身亦续至崔氏家问疾,且拜谢教训子女不至。姻族⑧闻之,无不愧叹。故李夫人妇德克⑨备,治家整肃,贵贱皆不许时世妆梳。勋臣之家,特数西平礼法。

——赵璘《因话录》

〔注释〕

①西平王:李晟,字良器,洮州临潭(今属甘肃)人。唐代大将,屡立战功,任风翔、陇右节度使等,兼四镇、北庭行营副元帅,封西平郡王。

②方食:正在吃饭。

③颔(hàn):点头。

④有顷:不久,一会儿。

⑤大家:婆婆。

⑥箸(zhù):筷子。

⑦檐(dàn)子:即没有屏障的轿子,因为用竹竿做成,由人肩抬,故称。

⑧姻族:由婚姻关系而形成的亲属。

⑨克:能够、胜任。

名臣治家

劝子弃暗投明

董昌龄家祖上八代都住在蔡州，他从小丧父，由母亲杨氏教育成人。董昌龄曾经做泗州长史，在藩镇淮西节度使吴少诚、吴少阳父子手下任职，传到吴元济时，他任吴房县令。他的母亲杨氏暗中告诫他说："吴元济现在率兵作乱，背叛朝廷，他的成功与否是一清二楚的，你要仔细考虑。"董昌龄想弃暗投明，结果没有成功。

这时，吴元济又任命他代理郾城县令。杨氏又告诫儿子说："吴元济叛乱，天所不容。你应当早些投诚，不要因为上回失败了，就有所顾虑，也不要挂念老母怎么办，只要你做国家的忠臣，那么我即使死了也不感到遗憾了。"董昌龄听了母亲的话，等讨伐叛军的军队到郾城的时候，他就率城归降了，并且还劝说邓怀金也向李光颜将军投诚。

唐宪宗听到这一消息，非常高兴，马上把董昌龄召到朝廷，正式任命他担任郾城县令兼监察御史，还赏赐给他绯鱼袋作为表彰。董昌龄哭泣着拜谢说："这都是老母亲的教导。"唐宪宗听了，感叹了好长时间。

〔原文〕

昌龄常①为泗州长史，世居于蔡②。少孤，受训于母。累事吴少诚、少阳,至元济③时,为吴房④令。杨氏潜诫曰:"逆顺之理,成败可知,汝宜图之。"昌龄志未果⑤,元济又署为郾城⑥令。杨氏复诫曰:"逆党欺天,天所不福。汝当速降,无以前败为虑,无以老母为念。汝为忠臣,吾虽殁无恨矣。"及王师逼郾城,昌龄乃以城降,且说贼将邓怀金归款⑦于李光颜。宪宗闻之喜,急召昌令至阙,真授郾城令、兼监察御史,仍赐绯鱼⑧。昌龄泣谢曰:"此皆老母之训。"宪宗嗟叹良久。

——《旧唐书·董昌龄母杨氏传》

〔注释〕

①常:通"尝",曾经。

②蔡:蔡州,治所在今河南汝南。

③元济:吴元济,沧州清池(今河北沧县东南)人。他的祖父吴少诚、父亲吴少阳均任淮西节度使。元和九年(814年),他因袭位不遂,自领军务,率兵叛乱。

④吴房:今河南遂平县。

⑤未果:没成事实。

⑥郾城:今河南漯河市郾城区。

⑦归款:投诚,归降。

⑧绯鱼:绯鱼袋。

择婿不讲门第

太师李光颜在平定藩镇之乱中,安邦定国,功勋卓著,被封为高官。他的爱女还未嫁人,幕僚们都认为他要选一个好女婿,就在一次谈话中,大力称赞郑秀才出身高贵,才学渊博,人物风流出众,希望李光颜将女儿嫁给他。

不久,他们又说起这件事,李光颜对幕僚们说:"我李光颜只是兵士出身,逢到国家多难,很偶然地立了一点小功,怎么就可以和高门世族攀亲,招来人们的流言蜚语呢?实际上我已选了一个好女婿,只是你们诸位没有见到。"于是,李光颜就召唤手下的一个小军官进来,指着他说:"这就是我女儿的未婚夫。"后来,李光颜只是给那小军官升了三四级军职,多给了他一些钱财罢了。

李光颜的从事许当议论这件事说:"李太师虽然建立了安国靖难的功勋,却一直记住'鸟尽弓藏''兔死狗烹'的教训。他只是希望保卫境土,安定百姓。要想和名门世家攀亲,那不是他的志向。这种做法,不是和那些一心想和世家大族联姻的人区别太大了吗?"

〔原文〕

李太师光颜①,以大勋康国②,品位穹崇③。爱女未聘,幕僚谓其必选佳婿,因从容语次④,盛誉一郑秀才词学门阀,人韵风流异常,冀太师以子妻之。他日又言之，太师谢幕僚曰："李光颜，一健儿也。遭遇多难，偶立微功，岂可妄求名族，以掇⁵流言乎？某已选得一佳婿，诸贤未见。"乃召一客司小将，指之曰："此即某女之匹也。"超三五阶军职，厚与金帛而已。从事许当曰："李太师建定难之勋，怀弓藏之虑⁶。武宁保境，止务图存。而欲结援名家，非其志也。与夫必娶高、国⑦，求婚王、谢⑧，何其远哉？"

——孙光宪《北梦琐言》

〔注释〕

①李光颜：唐代将领，字光远，河曲（今山西河曲）人。唐宪宗讨伐藩镇吴元济时，李光颜建有功勋。历任忠武军节度使、检校司空、司徒、河东节度使等职。

②康国：安定国家。

③穹（qióng）崇：崇高。

④语次：谈话之间。

⑤掇（duō）：拾取。

⑥弓藏之虑：飞鸟尽了，良弓因不再需要而被藏起来。比喻事成以后，功臣遭到废弃或杀害。

⑦高、国：春秋时齐国高氏和国氏的并称，均世袭上卿。借指世家望族。

⑧王、谢：指六朝时的望族王氏、谢氏。旧以"王谢"作为高门世族的代称。

郑氏教子有方

李景让的母亲郑氏,性格严明,早年丧夫,家境贫困,住在洛阳。几个孩子都很小,郑氏就亲自教育他们。一天,一场暴雨之后,她家住宅后面的老墙倒塌了,露出了许多钱,她家的奴婢很高兴,就奔到屋里告诉郑氏。郑氏去了以后,点了一炷香,祷告说:"我听说不劳而获,是一种灾祸。老天爷一定是因为我家祖上的恩德,怜悯我家贫穷,这才赏赐给我们的。我但愿几个孤儿将来能在学问上有所成就,那才是我的志向,至于这些钱财,我们是不能拿的!"马上就叫人把钱掩埋好,再砌上墙。她的三个儿子景让、景温、景庄,后来都考取了进士。其中李景让官做得最大,他头发花白的时候,稍微犯了过错,还要受到郑氏的杖刑。

李景让在浙西的时候,有一名小军官违反了他的意旨,李景让下令重杖捶打,结果把人打死了。这件事引起了全军的愤怒,准备发动叛乱。郑氏听说时,李景让正在政务堂上办公,李母上前坐下,命令李景让站在庭下,责骂他说:"皇帝把一方的军政事务托付给你,国家的刑法难道可以随你个人的好恶滥用,滥杀无辜吗?万一引起一方骚乱,不但上对不起朝廷,就连你年老的母亲也将蒙羞而死,你又有什么脸去见你的祖宗呢?"并下令左右的人剥去李景让的衣服,让他坐在那儿,亲自拿起藤杖,准备鞭打他。旁边的将领都跪下来,一面哭泣一面为李景让求情，过了好久，李母才饶了李景让。这样，全军因此方才安定下来。

李景让的弟弟李景庄在科举考试中，年纪很大了都没有考上，每次落选，李母都要打李景让，认为他作为兄长没有尽到责任。然而，李景让始终不肯请托考官，说："朝廷考试录取人才自有公道，我怎么可以托人走后门呢！"时间长了，宰相对主考官说："李景让年纪这么大了，每年还要挨打，怪可怜的，今年再不可不录取李景庄了。"这样李景庄总算考取了进士。

〔原文〕

初，景让①母郑氏，性严明，早寡，家贫，居于东都②。诸子皆幼，母自教之。宅后古墙因雨隤陷③，得钱盈船，奴婢喜，走告母；母往，焚香祝之曰："吾闻无劳而获，身之灾也。天必以先君余庆④，矜其贫而赐之，则愿诸孤他日学问有成，乃其志也，此不敢取！"遽命掩而筑之。三子景让、景温、景庄，皆举进士及第。景让官达，发已斑白，小有过，不免捶楚⑤。

景让在浙西，有左都押牙⑥忤景让意，景让杖之而毙。军中愤怒，将为变。母闻之，景让方视事，母出坐听事，立景让于庭而责之曰："天子付汝以方面⑦，国家刑法，岂得以为汝喜怒之资，妄杀无罪之人乎！万一致一方不宁，岂惟上负朝廷，使垂年之母衔羞⑧入地，何以见汝之先人乎！"命左右襫⑨其衣坐之，将挞其背。将佐皆为之请，拜且泣，久乃释之，军中由是遂安。

景庄老于场屋⑩，每被黜，母则挞景让。然景让终不肯属⑪主司，曰："朝廷取士自有公道，岂敢效人求关节乎！"久之，宰相谓主司曰："李景庄今岁不可不收，可怜彼翁每岁受挞！"由是始及第。

——《资治通鉴》卷248 会昌六年

〔注释〕

①景让：李景让，字后己，并州文水（今山西文水东）人，唐宣宗时官至太子少保。

②东都：洛阳。

③隤（tuí）陷：坠落倒塌。

④余庆：祖先的遗泽。

⑤捶楚：同"棰楚"，杖刑。

⑥押牙：同"押衙"，管领仪仗侍卫的官。

⑦方面：一方的军政事务。

⑧衔（xián）羞：含羞。

⑨褫（chǐ）：剥去。

⑩场屋：指科举时代考试的地方，也称科场。

⑪属：通"嘱"，托付，请托。

裴坦尚俭

唐朝人杨收、段文昌幼年都是孤儿,中举后被朝廷重用,荣升宰相。他们都很讲究排场,生活奢侈。杨收女儿嫁给了裴坦长子,嫁妆很丰厚,连各种日用杂物都是用金银做的。裴坦崇尚节俭,听了很不高兴。

一天,他与妻子以及儿女辈来到新媳妇的住处。他看到茶几上用普通的小碟子盛放果品,很是高兴。但仔细一看,碟子中布有鱼和犀牛的精微图案,顿时发起火来,他猛地推倒茶几,拂袖而去,气愤地说:"真是败坏了我的家门!"

不多久,杨收因接受别人的贿赂,被朝廷罢了官,真是自作自受啊!

〔原文〕

　　唐杨收、段文昌皆以孤进贵为宰相①,率爱奢侈。杨相女适裴坦长子②,嫁资丰厚,什器③多用金银。坦尚俭,闻之不乐。一日,与国号及儿女辈到新妇院④,台上用碟盛果实,坦欣然,视碟子内,乃卧鱼犀。坦盛怒,遽推倒茶台,拂袖而出,乃曰:"破我家也。"他日收相果以纳赂,竟至不令,宜哉。

　　　　　　　　　　——孙光宪《北梦琐言》

〔注释〕

①杨收：字藏之，唐代同州冯翊（今陕西大荔县）人。以功进尚书右仆射，后因自满夸侈被贬黜。段文昌：字墨卿，一字景初，唐代临淄（今属山东）人。历任剑南四川节度使、御史大夫之职，封邹平郡公。

②适：出嫁。裴坦：字知进，唐代河东闻喜（今属山西）人。历任楚州刺史、中书侍郎、同中书门下平章事，以生活节俭著称。

③什器：日用杂物。

④国号：指裴坦妻子。唐代朝廷封官员夫人"国夫人"的称号。新妇：古时称儿媳为"新妇"。

门第可畏不可恃

柳氏家族自从柳公绰以来,世代遵循孝悌、礼仪,受到士大夫的敬仰。柳玭做了御史大夫,唐昭宗想任他为宰相,由于宦官恨他,因此很长时间贬官在外。

柳玭曾告诫自己的子弟说:"对于门第,我们应畏惧它,而不能倚仗它。立身做人,在一件事情上有过失,那么获罪就要比其他一般人要重,死了也没有脸面去见九泉之下的先人,这就是为什么要畏惧的原因。门第高就容易产生骄奢之心,家族兴盛就会遭到别人的妒嫉。即使有好的行为、真才实学,一般人也不相信,而稍微出些纰漏,大家都会加以指责,这就是为什么不能倚仗门第的原因。因此,出身高门大族的子弟,学习应当加倍勤奋,行为应当加倍自勉,也仅仅能比得上一般人!"

〔原文〕

柳氏自公绰①以来,世以孝悌礼法为士大夫所宗②。玭③为御史大夫,上欲以为相④,宦官恶之,故久谪⑤于外。玭尝戒其子弟曰:"凡门第高,可畏不可恃也。立身行己,一事有失,则得罪重于他人,死无以见先人于地下,此其所以可畏也。门高则骄心易生,族盛则为人所嫉,懿行⑥实才,人未之信,小有玼颣⑦,众皆指之,此其所以不可恃也。故膏粱子弟⑧，学宜加勤，行宜加励，仅得比他人耳！"

——《资治通鉴》卷259景福二年

〔注释〕

①公绰：柳公绰，字宽，唐代华原（今陕西耀州区东南）人。历任校书郎、吏部尚书。

②宗：尊崇，宗仰。

③玭：柳玭，历任吏部侍郎、御史大夫。

④相：宰相。

⑤谪（zhé）：官吏因罪而被降职或流放。

⑥懿行：美行。

⑦玼颣（cī lèi）：引申为毛病、缺点。玼：通"疵"，玉的斑点。颣：丝上的疙瘩。

⑧膏粱子弟：富贵人家的子弟。膏：肥肉。粱：美谷。

李存审百镞遗子

　　五代时后唐大将李存审出身贫寒微贱，曾经告诫儿子们说："你们的父亲年轻的时候提着一口剑离开了家乡，四十年来，官做到大将和宰相，在这期间，九死一生的危险遇到不止一次，剖开骨肉，取出的箭头先后就有一百多个。"接着，李存审把所取出的箭头分给每个儿子，叫他们好好收藏起来，语重心长地说："你们生长在富贵之家，应当知道你们的父亲是这样起家的。"

〔原文〕

　　存审①出于寒微，尝戒诸子曰："尔父少提一剑去乡里，四十年间，位极②将相，其间出万死获一生者非一，破骨出镞③者凡百余。"因授以所出镞，命藏之，曰："尔曹生于膏粱④，当知尔父起家如此也。"

　　　　　　　　　　——《资治通鉴》卷272 同光二年

〔注释〕

　　①存审：李存审，字德祥，陈州宛丘（今河南淮阳）人。五代后唐的大将，官至宣武节度使兼中书令、蕃汉马步总管。

　　②极：至。

③镞(zú):箭头。

④尔曹:你辈。膏粱:"膏"是肥肉,"粱"是精米,表示精美的饮食,喻指富贵之家。

军法不可私,名节不可亏

后周的军队围攻寿春,攻了一年多没有攻下,城里的粮食没有了。守将刘仁赡请求让边镐守城,自己率领军队与敌军决战。齐王李景达不答应,刘仁赡连气带愁得了病。他的小儿子刘崇谏夜里划了一条小船,要去淮北投敌,结果被一个小军官抓住了。刘仁赡下命令腰斩刘崇谏,左右的官员都不敢求情,监军使周廷构在中门大哭,想营救他,刘仁赡坚决不答应。

周廷构又派人去向刘夫人求救,刘夫人说:"我不是不疼爱儿子刘崇谏,可是军法不能徇私,名节不可以亏损。如果饶恕了他,那么刘家就成了不忠的家庭,我和他的父亲还有什么脸面见将士们呢!"于是催促立即处决,然后办了丧事。将士们都感动得流下了眼泪。

〔原文〕

周兵围寿春①,连年未下,城中食尽。……刘仁赡请以边镐守城②,自帅③众决战,齐王景达④不许,仁赡愤邑⑤成疾。其幼子崇谏夜泛舟渡淮北,为小校⑥所执,仁赡命腰斩之,左右莫敢救,监军使⑦周廷构哭于中门以救之,仁赡不许。廷构复使求救于夫人,夫人曰:"妾于崇谏非不爱也,然军法不可私,名节不可亏,若贷⑧之,则刘氏为不忠之门,妾与公何面目见将士乎!"趣⑨命斩之,然后成丧。将士皆感泣。

——《资治通鉴》卷293 显德四年

〔注释〕

①寿春：治所在今安徽寿县。

②刘仁赡：字守惠，彭城（今江苏徐州市）人。南唐将领，时任清淮节度使。边镐（hào）：字康乐，昇州（今江苏南京市）人，南唐将领。

③帅：同"率"，带领。

④景达：李景达，是南唐主李璟的弟弟，当时任兵马元帅。

⑤邑：同"悒"，愤懑。

⑥小校：小军官。

⑦监军使：皇帝派至军队中的监察使者，五代时由宦官担任此职。

⑧贷（dài）：饶恕，宽免。

⑨趣（cù）：同"促"，催促，赶快。

不以私亲乱国法

宋太祖开宝四年（971年），马仁瑀转任瀛州防御史。他哥哥的儿子因喝醉酒，误杀了一个无辜百姓，被关到监狱里，按照法律应当判处死刑。死者的家属主动提出，过去他们之间没有旧仇，只是酒后误杀，希望对肇事者按过失杀伤罪论处。马仁瑀知道后说："我是这里的长官，兄长的儿子杀人，显然是在倚仗权势，而不是过失杀人。怎么可以因为私人的亲戚关系，而破坏国家法制呢？"于是就按照法律判了侄子死罪，还给了死者家属布帛，让他们用来大殓安葬。

〔原文〕

开宝①四年，迁瀛州防御史②。兄子尝因醉误杀平民，系狱当死③。民家自言非有宿憾④，但过误尔，愿以过失杀伤论。仁瑀曰⑤："我为长吏⑥，而兄子杀人，此怙⑦势尔，非过失也。岂敢以私亲而乱国法哉？"遂论如律⑧，给民家布帛为棺殓具。

——《宋史·马仁瑀传》

〔注释〕

①开宝：宋太祖赵匡胤的年号。
②瀛州：治所在赵都军城（今属河北）。防御史：唐初置于西北

边镇,安史之乱时分设于中原军事要地,专掌军事,以刺史兼任,以后时罢时设。至宋代为武将兼衔,官阶高于团练使,低于观察使。

③系:拴、绑。当:判罪。

④宿憾:旧恨。

⑤仁瑀:马仁瑀,大名夏津(今属山东)人。宋代武将,屡立战功,卒后赠河西军节度。

⑥长吏:泛指地方长官。

⑦怙(hù):倚仗,凭借。

⑧论:判罪。如:按照。

令儿日课"等身书"

贾黄中字娲民,沧州南皮人,是唐代宰相贾耽的四世孙。他的父亲贾玭,字仲宝,后晋天福三年(938年)的进士。贾玭办事严明果断,善于教育子女,士大夫的子弟前来求教,总是谆谆教诲、诱导他们。

贾黄中小时候很聪明,悟性很高,才五岁,父亲就每天早上叫他立正,把书打开来和他的身体相比,称为"等身书",意思是书的长度和他的身高相等,然后叫他反复诵读。经父亲指点,贾黄中六岁便通过了童子科的考试,七岁就能够写文章,并会触类旁通地赋诗吟咏。父亲还经常叫他吃蔬菜,说:"等到你学业成功以后,再吃肉吧。"十五岁的时候,贾黄中中了进士,并被授校书郎、集贤校理,后来又提升为著作佐郎,入史馆。

淳化二年(991年)秋天,他与李沆一起被任为给事中、参知政事。宋太宗亲自召见了他的母亲王氏,请她坐下,称赞说:"您把孩子教育得这样好,真是当今的孟母啊!"并挥笔赋诗,赠送给他,还赏赐了不少物品。

〔原文〕

贾黄中①字娲民,沧州南皮人,唐相耽②四世孙。父玭③字仲宝,晋天福④三年进士,……玭严毅,善教子,士大夫子弟来谒,必谆谆诲诱之。……黄中幼聪悟，方五岁，玭每旦令正立，展书卷比之，谓之"等身书"⑤，课其诵读。六岁举童子科⑥，七岁能属文，触类赋咏。父常令蔬食，曰："侔⑦业成，乃得食肉。"十五举进士，授校书郎、集贤校理，迁著作佐郎、直史馆。……淳化⑧二年秋，与李沆⑨并拜给事中、参知政事。太宗召见其母王氏，命坐，谓曰："教子如是，真孟母矣。"作诗以赐之，颁赐甚厚。

——《宋史·贾黄中传》

〔注释〕

①贾黄中：字娲民，宋代沧州南皮（今河北南皮县）人。历任著作佐郎、给事中、参知政事等职。

②耽：贾耽，字敦诗，唐代建中时累迁义成节度使，贞元间同中书门下平章事。顺宗立，进左仆射。

③玭：贾玭，字仲宝。宋初为刑部郎中。

④天福：后晋高祖石敬瑭的年号。

⑤等身书：与人体高度相等的书。

⑥童子科：唐宋时特设的考试科目之一。唐制，十岁以下能通经者；宋制，十五岁以下能通经作诗赋者，应试后给予出身并授官，亦称童子举。

⑦侔（móu）：取，求取。

⑧淳化：宋太宗赵炅的年号。

⑨李沆：字太初，太平兴国年间进士，咸平初累迁为平章政事。

狭窄的宰相府

李沆任宰相时,在封丘门内起了一所住宅,厅堂前只够一匹马打圈子。有的人说它太狭窄了,李沆笑笑说:"住宅要传给子孙,这个厅堂作为宰相厅堂诚然是狭窄了一点,但作为太祝、奉常的厅堂就够宽敞了。"

李沆家的墙壁倒塌损坏了,他也不过问。有一回,厅堂前栽种草药的园圃的栏杆坏了,李沆的妻子故意叫看房的人不要加以修理,想看看李沆到底有什么反应。李沆每天进进出出都能看见这个损坏的栏杆,但始终都没有讲一句要修理的话。妻子忍耐不住,就和李沆说了,李沆回答说:"你怎么可以故意以此来使我动念头呢!"

家里人劝李沆再修造住宅,李沆从不回答。他的弟弟李维在一次谈话时谈及此事,李沆答道:"我俸禄丰厚,还时常得到皇帝的赏赐,家里的钱财也足够造新屋了,但考虑到佛教把这世界看作是有缺陷的,怎么能够样样圆满如意、自求满足呢?现在买材料造新屋,要一年修缮完毕,一个人朝不保夕,怎么能够长生不死呢?就像鸟雀选择一根树枝作窠栖身,就聊以自我满足了,又何必要建造华美的住宅呢?"

〔原文〕

(李沆①)治第封丘门内,厅事前仅容旋马②。或言其太狭,沆笑曰："居第当传子孙，此为宰相厅事诚隘，为太祝、奉礼厅事③已宽矣。"至于垣颓④壁损，不以屑虑。堂前药阑⑤坏，妻戒守舍者勿葺⑥以试沆，沆朝夕见之，经月终不言。妻以语沆，沆曰："岂可以此动吾一念哉！"家人劝治居第，未尝答。弟维因语次⑦及之，沆曰："身食厚禄，时有横赐，计囊装亦可以治第，但念内典⑧以此世界为缺陷，安得圆满如意，自求称足？今市新宅，须一年缮完，人生朝暮不可保，又岂能久居？巢林一枝⑨，聊自足耳，安事丰屋哉？"

——《宋史·李沆传》

〔注释〕

①李沆：字太初，宋代洺州肥乡（今河北邯郸市肥乡东北）人。太平兴国年间进士，宋真宗时任宰相。

②旋马：马转身。

③太祝、奉礼厅事：指执掌祭祀和宗庙礼仪的太祝、奉常居住的厅堂。太祝、奉常官位较小，宰相因过失被贬，有时担任此职。

④垣颓：墙塌。

⑤药阑：栽培草药园圃周围的栏杆。

⑥葺：修理。

⑦语次：谈话间。

⑧内典：佛教典籍。

⑨巢林一枝：指如鸟雀在林间树枝上作窠栖身。

力辞修建宅第

宋真宗召见王旦并告诉他说:"听说你的住所很简陋,我已密令有关部门商议了这件事,决定由官方给你修建宅第,在修造期间还可遵照你的想法进行变动。"王旦听了,忙磕头辞谢说:"我所居住的地方,原为先父住过的旧屋,当时简陋得只能避风遮雨,如今经过修缮,已经比过去好得多了,每当我思念父亲时,总感到很惭愧,难道还能再烦劳朝廷帮我新建住宅吗?"真宗再三劝告他,王旦都坚决地推辞,修建宅第的事也就算了。

〔原文〕

上宣示公曰①:"闻卿居第甚陋,朕②密令计之,官为修营,其间更系卿意增损之。"公顿首曰:"臣所居,乃先父旧庐,当日止庇③风雨,臣今葺④过已甚矣,每思先父,常有愧色,岂更烦朝廷?"上再三谕之,公力辞,乃止。

——江少虞《宋朝事实类苑》

〔注释〕

①上:指宋真宗赵恒。公:指王旦,字子明,北宋大名莘县(今属山东)人。太平兴国年间进士,真宗时任参知政事,后拜相。

②朕：原为古人自称之词，秦始皇起成为皇帝的自称。

③庇（bì）：遮蔽，掩护。

④葺（qì）：指修理房屋。

王旦嘱子孙自立

有一个人来出售玉带,王旦的子侄们都认为很漂亮,就拿去给王旦看,王旦叫他们系在身上,问道:"系在腰上还能看得见玉带漂亮吗?"子侄们说:"系在身上,自己怎么看得见漂亮不漂亮呢?"王旦说:"自己系在身上沉甸甸的,还要让别人来赞美,那不是太劳累了吗?赶快把它还回去。"

王旦一生从不买田置房,他常对人说:"子孙应当想到自立,做长辈的何必为他们增置产业呢?这样做,只能使他们争夺钱财,成为不义的人啊。"

王旦的侄子王睦,很爱读书,曾经写信给王旦,请求推举他为进士。王旦说:"我曾为地位太高、声望太大而担忧,怎么可以再同贫寒的读书人去争功名呢?"直到王旦去世,他的儿子王素还没有做官。

〔原文〕

有货①玉带者,子弟②以为佳,呈旦,旦命系之,曰:"还见佳否?"曰:"系之,安得自见!"旦曰:"自负重而使观者称好,无乃劳乎!亟③还之。"生平不置田宅,曰:"子孙当念自立,何必田宅,徒使争财为不义耳!"兄子睦,颇好学,尝献书求举进士,旦曰:

"我尝以太盛为惧,岂可复与寒士争进!"至其殁④也,子素犹⑤未官。

——毕沅《续资治通鉴》卷33 天禧元年

〔注释〕

①货:卖,出售。

②子弟:犹言子侄。

③亟(jí):急,赶快。

④殁(mò):死。

⑤犹:还。

巨家贫无杯盘

鲁宗道为人刚正不阿,疾恶如仇,不加宽容,遇事敢讲真话,不太拘小节。

他任东宫谏官时,住的地方靠近酒馆,曾经隐藏身份私下到那儿喝酒。正好碰到宋真宗有急事召他进宫,使者到他家去找他,等了很久,鲁宗道方才从酒馆回来。(两人一起到了皇宫),使者要先进去,就问鲁宗道:"皇帝如果怪罪你来迟了,我怎么回答啊?"鲁宗道回答说:"你就把实情告诉皇帝。"使者说:"这样你就要获罪了。"鲁宗道说:"喝酒是人之常情,欺骗皇上是臣子的大罪,你如实说吧。"

宋真宗果然问使者为什么来迟了,使者就以鲁宗道所说的话作了回答。鲁宗道进宫后,皇帝就诘问他,鲁宗道谢罪说:"有客人从故乡来,我家里贫穷,没有杯盘和菜肴、果品,所以到酒家请客饮酒。"宋真宗认为他不撒谎,诚实可用,曾把这件事告诉太后。宋真宗死后,太后临朝,鲁宗道因此受到重用。

〔原文〕

宗道①为人刚正,疾恶少容,遇事敢言,不为小谨。为谕德②时,居近酒肆,曾微行③就饮肆中,偶④真宗亟召,使者及门久之,宗道方自酒肆来。使者先入,约曰:"即上怪公来迟,何以为对?"宗道曰:

"第⑤以实言之。"使者曰："然则公当得罪。"曰："饮酒，人之常情；欺君，臣子之大罪也。"真宗果问，使者具以宗道所言对。帝诘⑥之，宗道谢曰："有故人自乡里来，臣家贫无杯盘，故就酒家饮。"帝以为忠实可大用，尝以语太后，太后临朝，遂大用之。

——《宋史·鲁宗道传》

〔注释〕

①宗道：鲁宗道，字贯之，北宋谯（今安徽亳州）人，进士出身，宋仁宗时任参知政事。

②谕德：东宫官员，主管对太子的讽谏规劝。

③微行：指高官隐藏自己身份，改装出行。

④偶：值。

⑤第：但。

⑥诘（jié）：责问。

由俭入奢易，由奢入俭难

张知白做宰相的时候，生活跟在河阳做书记的时候一样，跟他亲近的人劝他说："您现在的俸禄不少，生活却这样清苦。尽管您自信是为了保持清白节俭，但外面却有人讽刺您，把您跟汉朝公孙弘盖布被的虚伪奸诈行为相比，您还是稍微随俗一些吧。"

张知白叹道："凭我现在的俸禄，让全家都穿好的吃好的，还做不到吗？但是人之常情，由俭朴走向奢侈容易，由奢侈转向俭朴那就难了。我现在的俸禄，能一直保持下去吗？我自己难道能长生不死吗？一旦我不做宰相或者死了，家里人已经过惯了奢侈的生活，势必不能马上过俭朴的生活，这样生活就没依靠了。如果无论我在位还是去位，活着还是死了，都过着俭朴的生活，岂不是更好吗？"

〔原文〕

张文节①为相，自奉养为河阳②掌书记时，所亲或规之曰："公今受俸不少，而自奉若此，公虽自信清约，外人颇有公孙布被之讥③，公宜少从众。"公叹曰："吾今日之俸，虽举家锦衣玉食④，何患不能？然人之常情，由俭入奢易，由奢入俭难。吾今日之俸，岂能常有？身岂能常存？一旦异于今日，家人习奢已久，不能顿俭，必致失所。岂若吾居位、去位，身在、身亡，常如一日乎？"

——司马光《传家集·训俭示康》

〔注释〕

①张文节：张知白，字用诲，北宋清池（今河北沧县东南）人。历任京东转运使、给事中、参知政事等职，死后谥号文节。

②河阳：治所在今河南孟州市西。

③公孙布被之讥：汉代公孙弘位至宰相，盖的是布被子，受到当时人的指责，认为他奸诈。

④锦衣玉食：精美的衣食，指生活优裕。

宰相不庇族人

刘沆担任宰相时，他的家族中有人逃避拖欠国家赋税达几十万钱，但刘沆不知道这件事。当地的前后几任官吏因为刘沆的关系，都不敢过问此事。

有个叫程珦的人来担任庐陵县尉，负责征收赋税，命令把刘沆族人中拖欠赋税的人都抓来关进监狱，责令他们把所欠赋税还清才能获释。

有人把这件事报告了刘沆，刘沆说："赋税不及时上缴国家，这是我家的人犯了法，怎么可以叫家乡官员徇情而不照国家法令办事呢？"于是写了信向程珦深致歉意。

〔原文〕

刘丞相①在位时，族人偶有逋负官租数十万②，丞相不知也。前后官吏望风不敢问。程公珦为庐陵县尉③，主赋事④，追逮囚系，责令尽偿而后已。或以告丞相，丞相曰："赋入不时，吾家之罪，县官安可屈法也？"乃致书谢之。

——曾敏行《独醒杂志》

〔注释〕

①刘丞相:指刘沆,字冲之,宋代永新(今属江西)人。天圣年间进士,皇祐中累迁同中书门下平章事,后罢为工部尚书。

②逋(bū):逃避。负:欠。

③程珦:字伯温,宋代河南府伊阳县(今河南汝阳县)人。庆历年间,历知磁、汉诸州,后累官太中大夫。庐陵:治所在今江西吉安市。

④主赋事:负责征收赋税。

范仲淹烧罗绮

范仲淹的次子范纯仁娶媳妇,在媳妇快要进门的时候,有人传消息说,纯仁的媳妇挺阔气,陪嫁用精美柔软的罗绮做帷幔。范仲淹听了很不高兴,说:"罗绮是珍奇之物,怎么可以拿来做帷幔呢?我家一贯清简朴素,怎么可以乱我的家规呢?她如果敢把这些东西带来,我就要当众把它烧成灰烬。"

〔原文〕

范文正公之子纯仁娶妇①,将归②,或传妇以罗为帷幔③者。公闻之不悦,曰:"罗绮④岂帷幔之物耶?吾家素清俭,安得乱吾家法,敢持至吾家,当火于庭。"

——赵善璙《自警篇·俭约》

〔注释〕

①范文正公:范仲淹,字希文,苏州吴县(今江苏苏州市)人,北宋政治家、文学家。大中祥符年间进士。少时贫困力学,出仕后有敢言之名。庆历三年(1043年)任参知政事,主张建立严密的任官制度,因保守派反对,未能实现。后出任陕西四路宣抚使。纯仁:范纯仁,范仲淹的次子。字尧夫,皇祐年间进士。迁侍御史、知谏院,后

累官尚书仆射、中书侍郎等职。

②归：古时谓女子出嫁为归。

③帷幔：围在四周的帐幕。

④罗：稀疏而轻软的丝织品。绮：有花纹的丝织品。

不患退而无居

　　范仲淹在杭州做官，几个孩子听说他想退休，便乘机劝他在洛阳建个宅第，营建园林，作为将来年老退休时的疗养之地。

　　范仲淹说："一个人如果能从道义中得到乐趣，他的形体尚且可以抛开不管，更何况是住房呢？我今年已过六十岁了，活在世上的年头也不多了，还想建造住宅、园林，难道还有什么企求，想住得好一点吗？我所担心的，在于职位太高，难以退下，而不是担心退休了以后没有地方居住。况且洛阳一带士大夫园林相望，作为主人也不能时常游玩，而有谁阻挡我去游玩了吗？难道一定要有了自己的宅第园林，才算感到快乐了吗？一个人做官的俸禄有多余，应该用来周济亲族，如果你们都听我的话，就没有什么可忧虑的。"

〔原文〕

　　范文正公①在杭州，子弟以公有退志，乘间②请治第洛阳，营园圃，以为佚老③之地。公曰："人苟有道义之乐，形体可外，况居室哉？吾今年逾④六十，在世且无几，乃谋树第治圃，顾何待而居乎？吾之所患，在位高而艰退，不患退而无居也。且西都⑤士大夫园林相望，为主人者莫得常游，而谁独障⑥吾游者？岂必有诸己而后为乐耶？俸赐之余，宜以赒⑦宗族，若曹遵吾言，毋以为虑。"

　　——赵善璙《自警篇·居住》

〔注释〕

①范文正公：即范仲淹。

②乘间：伺机，乘机会。

③佚老：同"逸老"。

④逾：超过。

⑤西都：指洛阳。

⑥障：阻拦。

⑦赒（zhōu）：周济，救济。

包拯的家训

　　包拯性格严峻，行为正直，痛恨官吏的苛刻行为，处事厚道。虽然疾恶如仇，但也未尝不讲忠恕。他与人相处，不苟且附和，也不虚情假意以求得别人的好感。平时没有私人信件，也不和亲戚朋友来往。虽然做了大官，穿的衣服、用的器物、吃的食物都和当官前一样。

　　他曾经对家里人说："我的后代子孙当官，有犯贪污罪的，不可以放回本家，死后也不得葬入家族的墓中。违背我的志向，就不是我的后代。"

〔原文〕

　　拯性峭直①，恶吏苛刻，务敦厚②，虽甚嫉恶，而未尝不推以忠恕也。与人不苟合，不伪辞色悦人，平居③无私书，故人、亲党皆绝之。虽贵，衣服、器用、饮食如布衣时。尝曰："后世子孙仕宦，有犯赃者，不得放归本家，死不得葬大茔④中。不从吾志，非吾子若孙也。"

——《宋史·包拯传》

〔注释〕

　　①拯：包拯，字希和，北宋庐州合肥（今属安徽）人。天圣年间进士。历任监察御史、天章阁待制、龙图阁直学士、枢密副使。知开

封府时,以廉洁著称,执法严峻,不畏权贵,当时称"关节不到,有阎罗包老"。峭:严峻,严厉。

②敦厚:忠厚,厚道。

③平居:平时,平素。

④茔(yíng):墓地。

欧阳修母的教诲

欧阳修幼年丧父,母亲曾经对他说:"你父亲做官的时候,常常在夜晚还点着灯批阅文书案卷,经常中途放下案卷叹息。我问他为什么叹息,他总是说:'这是要判死刑的案件啊。我想给他求条生路,却办不到。'我问:'生路难道可以用人力求得吗?'你父亲回答说:'我想方设法使他得生而不能成功,那么死者和我都没有遗憾了。我常常想办法给他们寻求生路,尚且不能使他们免死,而世上的官吏却常常想叫他们死。'你父亲平素教育同族的子弟时,常常这样讲,我听熟了,就记住了。"欧阳修听了母亲的话,终身都奉行他父亲的原则。

〔原文〕

修①幼失父,母尝谓曰:"汝父为吏,常夜烛治官书②,屡废③而叹。吾问之,则曰:'死狱④也,我求其生,不得尔。'吾曰:'生可求乎?'曰:'求其生而不得,则死者与我皆无恨⑤。夫常求其生,犹失之死,而世常求其死也。'其平居教他子弟,常用此语,吾耳熟焉。"修闻而服⑥之终身。

——《宋史·欧阳修传》

〔注释〕

①修：欧阳修，北宋文学家、史学家。字永叔，吉水（今属江西）人。天圣年间进士。曾任枢密副使、参知政事。

②治：批阅，处理。官书：官府公文，这里指刑事案卷。

③废：放下。

④死狱：按刑律将判死刑的案件。

⑤恨：遗憾。

⑥服：奉行。

奉如严父，保如婴儿

司马光的哥哥伯康，将近八十岁了。司马光侍奉他就像对待严父那样尊敬，又像保护婴儿那样精心护理。每天饭后不久就要问："是不是饿了？"天气稍冷，又抚着他的背问道："衣服是不是太单薄了？"

司马光居家期间，住在赐书阁下的东畔小阁。侍奉他的只有一个老仆人。每晚一更二点，他便叫老仆人先睡，自己看书到深夜，然后掩火灭烛而睡。到五更时，便又起身，自己发烛点灯，开始著述，每晚都是如此。天亮时，便入宅房，向他的哥哥请安。有时还坐到他的床前向他问候。请安完毕，仍回到自己的书房写作。

〔原文〕

司马温公[①]兄伯康，年将八十，奉如严父，保如婴儿。每食少顷[②]，则问曰："得无[③]饥乎？"天少冷，则拊其背曰："衣得无薄乎？"

温公家居，尝处于赐书阁下东畔小阁，侍史惟一老仆。一更[④]二点，即令老仆先睡，看书至夜分，乃自鼚[⑤]火灭烛而睡。至五更时，即自起发烛点灯著述，夜夜如此。天明，即入宅，起居[⑥]其兄，且或坐于床前问劳。话毕，仍回阁下。

——张伯行《养正类编》

〔注释〕

①司马温公:即司马光,北宋大臣、史学家。字君实,陕州夏县(今属山西)涑水乡人。宝元年间进士。仁宗末年任天章阁待制兼侍讲、知谏院。哲宗即位后,任尚书左仆射兼门下侍郎。为相八个月病死,封温国公。撰有史学名著《资治通鉴》。

②少顷:片刻,须臾。

③得无:莫不是,莫非。

④更:古代夜里的计时单位,一夜分为五更,每更为二个小时。

⑤幪:覆盖。

⑥起居:问候安否之言。

以责人之心责己

范纯仁平易近人,宽厚俭约,从来不以疾言厉色待人。凡是他认为有道理的事,总是挺身而出,从不退缩。他从普通的平民百姓做到宰相的高位,廉洁俭朴,始终如一。所得的官俸恩赐,也都用来发展义庄。当时大官任满一定年限,可以保举子弟做官,称为任子,范纯仁先后有好几次任子的机会,他都让给了关系疏远的亲族,直到去世的时候,他最小的儿子和五个孙子还没有出任官职。

他常常告诫子弟们说:"一个人即使再笨,但批评别人总是一清二楚的;一个人即使再聪明,原谅自己的时候就会昏头昏脑。如果一个人能够用批评别人的心来批评自己,用宽恕自己的心去宽恕别人,那就不怕达不到圣贤的地步!"

〔原文〕

纯仁性夷易宽简①,不以声色加人,谊②之所在,则挺然不少屈。自为布衣至宰相,廉俭如一,所得奉赐,皆以广义庄③,前后任子④恩,多先疏族。没之日,幼子、五孙犹未官。

每戒子弟曰:"人虽至愚,责人则明,虽有聪明,恕己则昏。苟能以责人之心责己,恕己之心恕人,不患不至圣贤地位也。"

——《宋史·范纯仁传》

〔注释〕

①纯仁：即范纯仁，范仲淹次子。夷易：平坦，平易。

②谊：通"义"。

③义庄：封建大家族设立的田庄，产业由宗族管理，作为一族的公产，所得田租，除用于祭祀外，又兴办学堂或资助族人读书应举，对贫困的本族孤寡也给予救济。

④任子：西汉时，二千石以上的官吏，任满一定年限可以保举子弟一人为郎，称"任子"。东汉沿袭不改。后世称由其父的政治地位而保举得官者为"任子"。

陈寅一家壮烈殉国

元军发兵向东南门进攻，他们让宋军俘虏打头阵，向城门冲击。陈寅写了檄文，自己高执战旗，擂鼓鸣号，鼓励将士们同敌军拼一死战。战场上硝烟滚滚，矢石如雨。由于寡不敌众，形势十分危急。这时，陈寅回过头来对妻子杜氏说："你快设法寻找出路吧。"杜氏厉声说："哪里有与你共同享用国家给的俸禄，却不同你一起为国家而死的道理？"随即登上高堡服药自杀，两个儿子和媳妇也慷慨相从，在母亲身旁殉难。

陈寅怀着巨大的悲痛，收殓了家人并焚烧了他们的尸体，穿上朝服，登上了战楼。他望阙焚香，痛哭失声地说："我起初准备坚守此城，为的是作川蜀的屏障。现在城池已不存，我的死期也到了。臣不负国！臣不负国！"又望天长拜，壮烈伏剑而死。

〔原文〕

北兵十万攻城①东南门，以降者为先驱，寅草檄文喻之②，自执旗鼓，激励将士，迎敌力战，矢石如雨。……寅顾③其妻杜氏曰："若④速自为计。"杜厉声曰："安有生同君禄⑤，死不共王事者？"即登高堡自饮药，二子及妇⑥俱死母傍。寅敛⑦而焚之，乃朝服登战楼，望阙焚香，号泣曰："臣始谋守此城，为蜀藩篱⑧，城之不存，臣死分也。

臣不负国！臣不负国！"再拜伏剑而死。

——《宋史·陈寅传》

〔注释〕

①城：指西和城，宋代西和州治（今甘肃省东南）。

②寅：陈寅，宝谟阁待制陈咸之子，进士出身。绍定（1228年—1233年）初知西和州，元兵攻城，陈寅竭力坚守，城陷后，伏剑而死。喻：告诉，使人知道。

③顾：回头看。

④若：你。

⑤禄：官吏的薪俸。

⑥妇：儿媳。

⑦敛：装殓。

⑧藩篱：屏障。

敌未灭，何以家为？

岳飞对母亲非常孝顺。当年，母亲留在北方时，他便派人去寻找，恭恭敬敬地将老人家迎了回来。母亲生病，他都亲自在身边侍候服药。母亲病故以后，他悲痛至极，三天三夜没有喝过一口水。

岳飞生活俭朴，家中没有姬妾。有个叫吴玠的将军非常钦佩他，很想和他交朋友，便将一名美女打扮得漂漂亮亮地送给他。岳飞郑重地对他说："现在时局紧张，主上日夜操劳，难道是我们做将军的贪图安乐享受的时候吗？"婉言谢绝了。从此，吴玠更加敬服岳飞了。

岳飞早些时候喜欢饮酒，皇帝告诫他说："将军改日到了河朔，才可饮酒啊。"岳飞听了，便毅然不再饮酒。起先，皇帝要为岳飞建个官邸，岳飞再三辞谢，说："敌人还没消灭，怎么可以先建自己的家宅呢？"有人问他："天下什么时候才能太平呢？"岳飞回答道："文官不爱钱，武将不怕死，天下就太平了！"

〔原文〕

飞至孝①，母留河北，遣人求访，迎归。母有痼疾，药饵必亲。母卒，水浆不入口者三日。家无姬②侍。吴玠③素服飞，愿与交欢，饰名姝④遗之。飞曰："主上宵旰⑤，岂大将安乐时？"却不受，玠益敬服。少豪饮，帝戒之曰："卿异时到河朔⑥，乃可饮。"遂绝不饮。帝初为飞营第，飞辞曰："敌未灭，何以家为？"或问天下何时太平，飞曰："文臣不爱钱，武臣不惜死，天下太平矣。"

——《宋史·岳飞传》

〔注释〕

①飞：岳飞，南宋抗金名将。字鹏举，相州汤阴（今属河南）人。他坚决主张抗金，屡立战功。由于高宗、秦桧一心求和，他被解除兵权，并被以"莫须有"的罪名杀害。

②姬：古时对妇女的美称，也称美女。

③吴玠：南宋名将，字晋卿，德顺军陇干（今甘肃静宁）人，后迁居洛水。北宋末年从军，屡破金军，后官至四川宣抚使。

④姝（shū）：美女。

⑤宵：夜。旰（gàn）：晚。

⑥河朔：泛指黄河以北。

计夫人苦心育儿

张浚的母亲计夫人,端平正直,治家很有办法。她的丈夫曾在华州做官,很早就去世了。那年计夫人二十五岁,父母要她改嫁,她坚决不答应。

当儿子张浚刚开始会说话的时候,计夫人便叫他诵读父亲生前写的文章;能记事的时候,就告诉他父亲的言行,没有片刻疏忽对张浚的教育。所以张浚虽然年幼,目不旁视,行为正派,坐不歪,言不欺,这都是他母亲教育的缘故。张浚成年以后,到国家设立的学校读书,计夫人送他,哭泣着说:"我家门户微寒,就看你有没有出息了,你应当把祖父和父亲的事业挂在心头。"还写了数十条诫语给他。后来张浚做了官,地位显贵,计夫人教育他仍然很严,张浚稍有不注意的地方,她都会沉下脸来,对他劝诫。

后来,张浚被贬谪到永州,他想上书控告秦桧的罪行,但又怕因此遭到不测之祸,连累母亲,整天忧心忡忡,人也一下子瘦下去了。计夫人感到很奇怪,便问他是什么原因,张浚如实回答。计夫人也不答话,只是将张浚父亲生前写的文章背给张浚听:"臣宁愿进忠直之言而死于斧钺之下,也不愿明哲保身而辜负皇帝陛下。"于是张浚决定上书。奏疏上去后,张浚果然被放逐到封州。计夫人在送他的时候说:"走吧,你因为忠直得祸,有什么好羞愧的呢?"

〔原文〕

　　计夫人，张浚①母也，方正②有法。浚父官华州③，早卒。年二十五，父母欲嫁之，誓不许。浚能言，即令诵父所为文；能记事，即告以父言行。无顷刻④失教。故浚虽幼，视必端，行必直，坐必不欹⑤，言不诳，教使然也。甫冠⑥，入国学，母送子，泣曰："门户寒，赖尔成立，当以尔祖尔父之业为念。"条⑦戒语数十端授焉。浚隆贵，所为不当意，必变色示戒。谪永州⑧，欲论秦桧⑨奸，恐祸不测，为母累，忧之，至体为瘠⑩。母怪问，以实对。母不应，惟诵浚父绍圣⑪初对策曰："臣宁言而死于斧钺，不忍不言以负陛下。"浚遂决。书上，窜封州⑫。母送之曰："行矣，汝以忠直得祸，何愧？"

——席启图《畜德录》

〔注释〕

　　①张浚：字德远，南宋汉州绵竹（今属四川）人。徽宗时进士。宋高宗时力主抗金，被任为川陕京西诸路宣抚使，寻知枢密院。孝宗时除枢密使，次年为宰相，重用岳飞、韩世忠等抗战将领，后封魏国公。

　　②方正：端平正直。

　　③华州：治所在华山（今陕西华州区）。

　　④顷刻：片刻。

　　⑤欹（qī）：斜，倾倒。

　　⑥甫：开始，刚刚。冠：男子二十岁举行冠礼，表示已经成人。

　　⑦条：分列项目、条目。

　　⑧永州：治所在零陵（今湖南零陵区）。

　　⑨秦桧：南宋投降派人物。字会之，江宁（今南京）人。政和年

间进士,北宋末任御史中丞。绍兴年间两任宰相,前后执政十九年,主张与金和谈,杀害抗金名将岳飞,贬黜张浚、赵鼎等多人,为人民所痛恨。

⑩瘠:瘦。

⑪绍圣:宋哲宗赵煦的年号。

⑫窜:放逐。封州:今属广东。

不欲子为狂生

董槐字庭植,濠州定远人。他年轻时喜欢谈论军事,暗地里读了孙武、曹操的兵书,还自负地说:"假如谁能用我,我一定能横扫天下,夺回中原土地,还给天子。"董槐相貌堂堂,前额宽广,下巴丰腴,又有一副美髯,谈论事情慷慨激昂,自诩诸葛亮、周瑜再世。他的父亲董永对待董槐很严格,听到儿子这番吹嘘,很是恼怒,责怪道:"不努力学习,还自高自大,真是狂妄后生,这不是我所希望的啊!"董槐听了,很是惭愧,于是折节改过,到叶师雍门下求学。此后他听说朱熹的门人辅广学识广博,又投入辅广门下,辅广赞赏他善于学习。嘉定六年(1213年),董槐考中了进士,任靖安县的主簿。

〔原文〕

董槐字庭植①,濠州定远人。少喜言兵,阴②读孙武、曹操之书,而曰:"使吾得用,将汛扫中土以还天子。"槐貌甚伟,广颡而丰颐③,又美髯,论事慷慨,自方④诸葛亮、周瑜。父永,遇⑤槐严,闻其自方,怒而嘻曰:"不力学,又自喜大言,此狂生耳,吾弗愿⑥也。"槐心愧,乃益自摧折,学于永嘉叶师雍。闻辅广⑦者,朱熹⑧之门人,复往从广,广叹其善学。嘉定⑨六年,登进士第,调靖安主簿⑩。

——《宋史·董槐传》

〔注释〕

①董槐：南宋濠州定远（今安徽定远县）人，嘉定年间进士，官至右丞相，兼枢密使，进封许国公。

②阴：暗中，暗地里。

③颡：额。颐（yí）：下巴。

④方：比拟，相比。

⑤遇：对待。

⑥愿：希望。

⑦辅广：字汉卿，号潜庵，师事吕祖谦及朱熹。学成后，筑传贻书院以教授学者，时称传贻先生。

⑧朱熹：南宋哲学家、教育家。字元晦，一字仲晦，号晦庵，别称紫阳，徽州婺源（今属江西）人，侨寓建阳（今属福建）。曾任秘阁修撰等职，著有《四书章句集注》《周易本义》《诗集传》《楚辞集注》。

⑨嘉定：宋宁宗赵扩的年号。

⑩靖安：今江西靖安县。主簿：汉代中央及郡县官署均置此官，以典领文书，办理事务。魏晋以后，渐为统兵开府之大臣幕府中的重要僚属，他们可以参与机要，总理府事。唐宋以后，各官署及州县虽仍存此名，但职权渐轻。

文天祥家中萧然

起先,文天祥考中状元,发誓不倚仗权势,牟取私利。他所得到的俸禄、恩赐都发散给亲族、同乡和朋友中的贫困者。后来,官方登记他家产的时候,发现他家里空无所有。

〔原文〕

初,天祥既第①,誓不倚势近利。自禄赐所入尽以散族姻乡友之贫者。至是,官籍其家,萧然②。

——刘岳申《文丞相传》

〔注释〕

①天祥:文天祥,南宋大臣、文学家。字履善,一字宋瑞,号文山,吉州庐陵(今江西吉安)人。理宗宝祐四年(1256年)中进士第一名。历任刑部郎官,知瑞、赣等州。德祐二年(1276年)任右丞相。后为元军所俘,迭经威胁利诱,始终不屈,在柴市被害。著有《文山先生全集》。既第:指中状元。

②萧然:空无所有的样子。

铎鲁斡斥子贪财

　　铎鲁斡很有才干，闻名遐迩，当官的、做百姓的都很敬服、爱戴他。后来他退休回到了故乡。他有个儿子叫普古，当时正在乌古部任节度使，派人来迎接父亲。铎鲁斡到后，看到儿子聚积了大量的财富，很不高兴地说："离别亲人入朝做官，应当做富国安民的事。搞歪门邪道，欺骗国君，贪图钱财，不是我所希望看到的。"说罢，便命人驾车离去了。

〔原文〕

　　铎鲁斡①所至有声，吏民畏②爱。及③退居乡里，子普古为乌古部节度使④，遣人来迎。既至，见积委⑤甚富。谓普古曰："辞亲入仕，当以裕国安民为事。枉⑥道欺君，以苟货利，非吾志也。"命驾而归。

　　　　　　　　　　　　　——《辽史·耶律铎鲁斡传》

〔注释〕

　　①铎鲁斡：耶律铎鲁斡，字乙辛隐。辽道宗时历任同知南京留守事、南府宰相。

　　②畏：敬服。

　　③及：到，至。

④乌古部：在今吉林东北，辽太祖征服此地之后，置乌古部节度使。

⑤积委：聚积。

⑥枉：弯曲，不正。引申为行为不合正道或违法曲断。

傅氏继承先夫遗志

路伯达曾经出使宋朝回来，准备将所得的二百五十两金子、一千两银子献给国家，帮助边防建设，还写了奏章请求辞官。奏章还没有上奏给皇帝，他便去世了。妻子傅氏继承先夫遗愿，把这件事向皇帝报告了。皇帝嘉奖她的坦诚，便追封她的丈夫为太中大夫，把所献的金银还给他。傅氏哭着恳求国家收下这些金银，皇帝没有同意。傅氏考虑到丈夫路伯达曾经在冀州办过学，便用这些金银买下了信都、枣阳地方的一些田地，资助当地的教育。当地官府将这件事报告了皇帝，皇帝很称赞傅氏的德行，便封赐给她"成德夫人"的荣誉称号。

〔原文〕

尝①使宋回，献所得金二百五十两、银一千两以助边，表乞致仕②，未及上而卒。其妻傅氏言之，上嘉其诚，赠太中大夫③，仍以金银还之，傅泣请，弗许。傅以伯达尝修冀州学④，乃市信都、枣强田以赡⑤学，有司具以闻⑥，上贤之，赐号"成德夫人"。

——《金史·路伯达传》

〔注释〕

①尝：曾经。

②致仕：意思是交还官职，即辞官。

③太中大夫：《汉书·百官公卿表》载，郎中令所属有太中大夫等，秩比千石，掌议论。唐、宋以太中大夫作为散官之文阶，从四品。元代升为从三品。

④伯达：路伯达，字仲显，金代冀州（今属河北）人。正隆年间进士。以文行知名，选为侍读，累官安武军节度使。冀州：金代时治所在信都（今河北冀州区）。

⑤赡：供给。

⑥有司：古代设官分职，各有专司，故称官吏为"有司"。

独吉氏夫妇

独吉氏是平章政事千家奴的女儿,护卫银术可的妹妹,从小就知礼懂法,嫁给了内族撒合辇以后,闺门十分严格。

撒合辇任中京留守,正当敌军围攻之时,他背上却生了毒疮,不能领军作战。独吉氏考虑到城门必破,便对丈夫说:"您本来就没有什么功劳,不过是因为宗室的关系留在皇帝身边,任职近侍局和睦亲府,如今又做了留守外路的第一等官,您受国家的恩典实在太多了。今天大兵临城,您却不幸病倒,不能保卫城池了,假如城破,您应当率领精锐部队夺门而出,带领一个孩子去京城。办不到的话,就独自去京师。如果还是不成功,您就拼死一战,这样也可报效祖国,千万不要把我挂在心上。"

撒合辇听了夫人的话,起身外出巡视全城。独吉氏便取出平日的衣服妆匣和喜爱的东西,铺放在卧榻上,把其他的资财、货物都分送给家人。然后梳妆打扮,穿戴得比平时还好,对自己的侍女说:"我死了以后,你们就把我扶到榻上,用被面盖住我的脸,然后四面举火,将我烧了,不要让大兵见到我。"说完,便关起门自杀了。家人按照她的遗言,把她的尸体安放在榻上,用被面盖住了她的身体。

撒合辇回来后,家里人告诉他夫人求死的情况。撒合辇悲伤地扶着卧榻说:"夫人不辱没我,我怎么可以辱没朝廷呢!"便叫家人把妻子的遗体火化了。独吉氏死的时候，才三十六岁。不多一会儿，城门被攻破，撒合辇带领战士想冲出城门，结果没有成功，于是他也投壕自尽了。

〔原文〕

独吉氏，平章政事①千家奴之女，护卫银术可妹也。自幼动有礼法，及适内族撒合辇，闺门肃如。撒合辇为中京留守，大兵围之，撒合辇疽②发背不能军，独吉氏度城必破，谓撒合辇曰："公本无功能③，徒以宗室故尝在禁④近，以至提点近侍局，同判睦亲府，今又为留守外路第一等官，受国家恩最厚。今大兵临城，公不幸病，不能战御。设若城破，公当率精锐夺门而出，携一子走京师。不能则独赴京师，又不能，战而死犹可报国，幸无以我为虑。"撒合辇出巡城，独吉氏乃取平日衣服妆具玩好布⑤之卧榻，资货悉散之家人，艳妆盛服过于平日，且戒女使曰："我死则扶置榻上，以衾⑥覆面，四围举火焚之，无使兵见吾面。"言讫，闭门自经而死。家人如言，卧尸榻上，以衾覆之。撒合辇从外至，家人告以夫人之死，撒合辇拊榻曰："夫人不辱⑦我，我肯辱朝廷乎？"因命焚之。年三十有六。少顷，城破，撒合辇率死士欲夺门出，不果，投壕水死。

——《金史·独吉氏传》

〔注释〕

①平章政事：官名，位次于宰相。

②疽（jū）：一种毒疮。

③功能：功绩，才能。

④禁：皇帝居住的地方。

⑤布：分布，安放。

⑥衾（qīn）：被子。

⑦辱：辱没。

许衡不啖无主梨

许衡曾在一个大热天路过河阳,口很渴,路旁栽种着梨树,人们都争着摘树上的梨吃,许衡却独自端坐在树下,和往常一样。有人问他为什么不吃梨,他说:"不是我的东西不可以拿。"那人说:"眼下世道很乱,这树没主人啊。"他说:"梨树虽然无主人,我的心难道没有主人吗?"

人家送的东西,哪怕有一丝一毫不正当,许衡也不接受。庭院里有果树,果子成熟后掉到地上,他家小孩子走过,连眼都不斜看一下就走了。许衡的家人被感化到这种程度。

〔原文〕

(许衡①)尝暑中过河阳,渴甚,道有梨,众争取啖②之,衡独危坐树下自若③。或问之,曰:"非其有而取之,不可也。"人曰:"世乱,此无主。"曰:"梨无主,吾心独无主乎?"……人有所遗,一毫弗义弗受也。庭有果熟烂坠地,童子过之,亦不睨④视而去,其家人化之如此。

——《元史·许衡传》

〔注释〕

①许衡：字仲平，元代怀州河内（今河南沁阳）人。元世祖时召为国子祭酒，后拜中书左丞。

②啖（dàn）：吃或给人吃。

③危坐：端坐。自若：如常，像原来的样子。

④睨（nì）：斜视。

罗复仁粉墙

洪武三年（1370年），明太祖朱元璋设置弘文馆，任罗复仁为弘文馆学士，与功臣刘基处于相同的地位。罗复仁在明太祖前讲一口南方话，坦率地评论政治的得失。朱元璋很喜欢他的质朴、直爽，就叫他"老实罗"而不称呼他的名字。

有一次，朱元璋突然驾临他的家里，他家住在靠近城郭简陋的巷子里，当时罗复仁正在粉刷墙壁，一看皇帝驾到，急忙让他的妻子搬出一个小矮凳让皇帝坐。明太祖感叹地说："像你这样的贤能之士难道适合住在这种地方吗？"后来就在城中赐给他一幢住宅。

〔原文〕

三年置弘文馆①，以复仁②为学士，与刘基③同位。在帝前率意④陈得失，尝操南音。帝顾喜其质直，呼为"老实罗"而不名。间幸⑤其舍，负郭⑥穷巷，复仁方垩壁⑦，急呼其妻抱杌⑧以坐帝。帝曰："贤士岂宜居此。"遂赐第城中。

——《明史·罗复仁传》

〔注释〕

①三年：明太祖洪武三年（1370年）。弘文馆：是明代的皇家图

书馆。弘文馆学士掌校正典籍、教授生徒,并参议政事。

②复仁:罗复仁,明代吉水(今江西吉水)人。历任中书咨议、国子助教、弘文馆学士等职。

③刘基:字伯温,浙江青田人,是朱元璋的重要谋士。明初任御史中丞兼太史令,封诚意伯。

④率意:直率,坦率。

⑤幸:指帝王驾临。

⑥负郭:靠近城郭。负:背倚。郭:外城。

⑦垩(è)壁:粉刷墙壁。

⑧杌(wù):小矮凳。

吴尚书插秧

明太祖洪武六年（1373年），吴琳由兵部尚书改任吏部尚书，和詹同轮流主持吏部的政事。过了一年，吴琳就上疏皇帝，要求离休返乡。

后来，明太祖派遣使者去调查他，使者偷偷到了吴琳家的隔壁，只见一个农民正坐在一张小凳子上，在稻田里拔苗插秧，相貌端庄态度严谨。使者走上前去，问道："这里有个吴尚书，在不在家啊？"那个农民停下活，拱手回答说："我就是吴琳。"使者回去以后，把这一情况汇报给明太祖。明太祖听了，对他称赞不已。

〔原文〕

吴琳①，黄冈人。……洪武六年，自兵部尚书改吏部，尝与同迭主部事。逾年②，乞归。帝尝遣使察之。使者潜至旁舍，一农人坐小杌，起拔稻苗布田，貌甚端谨。使者前曰："此有吴尚书者，在否？"农人敛手③对曰："琳是也。"使者以状闻。帝为嘉叹。

——《明史·吴琳传》

〔注释〕

①吴琳：字朝阳，明代黄冈（今湖北黄冈）人。历任兵部尚书、

吏部尚书。

②逾年：过了年。

③敛手：拱手，表示恭敬。

避嫌不任考官

邝埜为人勤勉廉洁，端庄严肃，孝顺父母。他的父亲邝子辅任江苏句容县的教官，教育邝埜很严格。

邝埜在陕州当官时间长了，很想和父亲见一面，就计划聘任父亲担任举人考试的考官。邝埜的父亲很生气，说："儿子担任御史职位，聘任父亲做考官，那怎么能避嫌呢？"并写了一封信去谴责他。

又有一次，邝埜寄给父亲一件粗布衣服，他的父亲又写信责备说："你掌管刑法，应当洗刷冤狱，解决疑案，才无愧于自己的职责。你是从哪里得到这件衣服的呢？希望你不要不清不白地玷污我的名声。"然后，又把那件衣服寄还给他。邝埜接到信，恭恭敬敬地跪着捧读，哭着接受了父亲的教诲。

〔原文〕

埜①为人勤廉端谨，性至孝。父子辅为句容②教官，教埜甚严。埜在陕③久，思一见父，乃谋聘父为乡试④考官，父怒曰："子居宪司⑤，而父为考官，何以防闲⑥？"驰书责之。埜又尝寄父褐⑦，复贻⑧书责曰："汝掌刑名，当洗冤释滞⑨，以无忝⑩任使，何从得此褐，乃以污我。"封还之。埜奉书跪诵，泣受教。

——《明史·邝埜传》

〔注释〕

①邝埜(yě)：字孟质，明代宜章（今湖南宜章县）人，官至兵部右侍郎。

②句容：今江苏句容市。

③陕：治所在今河南省三门峡市陕州区。

④乡试：明清两代每三年一次在各省省城（包括京城）举行的考试。考中的人称为举人。

⑤宪司：指御史的职位。

⑥防闲：规避嫌疑。

⑦褐：布衣。

⑧贻（yí）：致送。

⑨洗冤释滞：洗刷冤案，解决长期未解决的积案。

⑩无忝（tiǎn）：无愧于。

于谦公而忘家

景帝以太子身份即位后,命令原先在东宫任职的官员可以支取二倍的俸禄。那些人都表示推辞,唯独于谦推辞了两次。于谦自己的生活很俭朴,住的房子很差,仅仅能够遮蔽风雨罢了。景帝赐给他一座位于西华门的住宅,于谦推辞说:"现在正是国家多难之秋,做臣子的怎么敢贪图安逸呢?"坚决表示不能接受,景帝不允许他推辞。于是,于谦将景帝先后赏赐给他的诏书、衣袍之类的东西,都封好做了标记,只是一年查看一遍罢了。

自从"土木之变",明英宗被瓦剌军俘去之后,于谦领导北京军民抗击敌人,发誓与瓦剌不共戴天。他常常住在值宿的地方,不回自己的家。他一直患有痰疾,痰病发作时,景帝派遣兴安、舒良轮番去探望他的病情。听说于谦吃得很少,用的也很简单,就下诏由宫中官署制作吃的用的,赏赐给于谦,甚至连醋菜都替他准备了。景帝又亲自到万岁山砍竹子,取出竹沥赐给于谦和药。有的人说景帝这样做,宠爱于谦太过分了,兴安等人回答说:"于谦为国家日夜操劳,为国分忧,从来不顾家中私产,他如果不在了,叫朝廷到哪里去找这样的人呢?"

后来,在抄于谦家时,人们发现他家没有多余的钱,只有正室的箱子锁得很牢,打开来一看,只是景帝赏赐给他的蟒袍和宝剑。

〔原文〕

东宫①既易,命兼官僚者支二奉。诸臣皆辞,谦独辞至再②。自奉俭约,所居仅蔽风雨。帝赐第西华门,辞曰:"国家多难,臣子何敢自安。"固辞,不允。乃取前后所赐玺书③、袍、锭之属,悉加封识④,岁时一省视而已。

谦自值也先之变⑤,誓不与贼俱生。尝留宿直庐⑥,不还私第。素病痰,疾作,景帝遣兴安、舒良更番往视。闻其服用过薄,诏令上方⑦制赐,至醢莱⑧毕备。又亲幸万岁山,伐竹取沥⑨以赐。或言宠谦太过,兴安等曰;"彼日夜分国忧,不问家产,即彼去,令朝廷何处更得此人?"及籍没⑩,家无余赀,独正室镡钥⑪甚固。启视,则上赐蟒衣、剑器也。

——《明史·于谦传》

〔注释〕

①东宫:太子所居之宫,也用以指太子。

②谦:于谦,字廷益,浙江钱塘(今杭州)人。正统十四年(1449年)土木之变,明英宗被瓦剌俘去。于谦从兵部侍郎升任尚书,拥立景帝,反对南迁,调集重兵,在北京城外击退瓦剌军。次年,明英宗被释回京。景泰八年(1457年),明英宗发动政变,夺回帝位。于谦以"谋逆罪"被杀。

③玺(xǐ)书:皇帝下的诏书。

④封识:封好做上标记。

⑤也先之变:也称"土木之变",正统十四年(1449年),瓦剌贵族也先率军攻明。宦官王振挟持英宗率军五十万人亲征瓦剌,至大同,闻前方小败,惊慌撤退,后来王振又想要英宗临幸他的家乡蔚

州，行军路线屡变。至土木堡（在今河北怀来东）被敌追及，英宗被俘。

⑥直庐：值宿的处所。

⑦上方：同"尚方"，官署名。

⑧醯（xī）菜：醋菜。

⑨沥：液体的点滴。

⑩籍没：指没收并登记所有的财产。

⑪镢（jué）钥：加锁的铰钮和钥匙。

王翱不为女婿调职

吏部尚书王翱有一个女儿,嫁给在京城附近地区任官的某人为妻。王翱的夫人很爱女儿,每次来迎女儿回娘家,女婿总是不让她走,怨气冲冲地对她说:"你的父亲身为吏部尚书,把我调到京城任职,那么你就可以早晚都待在母亲身边,而且他直接掌管官吏的任用,调动我的工作就像摇树使树叶落下来一样容易,为什么偏要这样吝惜呢?"

王翱的女儿把这番话传给了母亲。王夫人爱女心切,一天,特地准备了一些酒菜,跪下来向丈夫王翱请求这事。王翱听了大怒,拿起桌上的杯盏扔了过去,失手打伤了王夫人,气冲冲地转身走出家门,坐上车到了他上朝时休息用的房舍,住了十天才回家。他终究没有给他的女婿调换工作。

〔原文〕

公①一女,嫁为畿辅②某官某妻。公夫人甚爱女,每迎女,婿固不遣③,恚④而语女曰:"而翁长铨⑤,迁我京职,则汝朝夕侍母;且迁我为振落叶⑥耳,而固吝⑦者何?"女寄言⑧于母。夫人一夕置酒,跪白公。公大怒,取案上器击伤夫人,出,驾而宿于朝房⑨,旬乃还第。婿竟不调⑩。

——崔铣《洹词》

〔注释〕

①公：指王翱，字九皋，明代盐山（今河北盐山县）人。历任御史、右都御史、提督辽东军务、总督两广军务、吏部尚书等职，为人刚明廉直。

②畿（jī）辅：京城周围附近的地区。

③固不遣：坚决不让走。

④恚（huì）：怨怒。

⑤而翁：你的父亲。而：通"尔"。铨：铨选，吏部按照规定任用官吏。

⑥振落叶：摇树使叶落下，指很轻易。

⑦吝：吝惜。

⑧寄言：带话。

⑨驾：坐车。朝房：等待上朝时停留的房舍。

⑩竟不调：最终没有调换职位。

彭泽父烧器杖儿

彭泽任徽州知府时,准备送女儿出嫁,做了几十件精雕细刻的漆器作嫁妆,派手下的小吏送到家乡。彭泽的父亲很生气,叫人赶紧把它们烧了,然后自己随身挑着行装,步行到徽州去责备彭泽。

彭泽听说父亲来了,感到很惊讶,马上出来迎接,并使眼色叫小吏背过父亲的行装。彭泽的父亲更生气了,说:"我背着行装走了几千里路,你难道就不能自己背几步吗?"进屋以后,他就用木杖打了彭泽一顿。打完了,背起行装当即就走了。

彭泽受了父亲的教育,从此更加注意磨砺自己的品德。彭泽的政绩一直很好,人们称赞他可以和他的前任孙遇相媲美。

〔原文〕

(彭泽)出为徽州知府①。泽将遣女,治漆器数十,使吏送其家。泽父大怒,趣②焚之,徒步诣徽。泽惊出迓③,目④吏负其装,父怒曰:"吾负此数千里,汝不能负数步耶?"入,杖泽堂下。杖已,持装径去。泽益痛砥砺⑤。政最,人以方前守孙遇⑥。

——《明史·彭泽传》

〔注释〕

①彭泽：字济物，明代兰州（今甘肃兰州市）人。历任浙江副使、河南按察使、左都御史、兵部尚书等职。徽州：治所在歙县（今安徽歙县）。知府：府一级的行政长官。

②趣：赶快。

③出迓（yà）：出来迎接。

④目：注视。

⑤砥砺（dǐ lì）：原意为磨刀石，引申为磨砺。

⑥孙遇：字际时，明代福山（今山东烟台市福山区）人。历任户部主事、徽州知府、河南左布政等职。他任徽州知府十八年，深得当地百姓拥护。

陈茂烈恭侍老母

陈茂烈弘治八年（1495年）考中进士，不久当上了吉安府推官。为考核政绩而过淮，天寒没有棉衣，几乎冻死。他后来进京任监察御史，官大权重，可是他穿的官袍、衣裳仍然相当朴素简陋，出门骑一匹瘦马，老百姓望见他，都对他表示敬重。后来因为母亲年迈，回家服侍老母。

陈茂烈家中除供养母亲所需的物品外，连一床帷帐都没有。他种田担水，样样亲自操劳。太守听说他十分劳苦，便特意派两个吏卒供他使唤，可是过了三日，陈茂烈就让这两个吏卒回去了。朝廷看他退休在家，如此清贫，便准备录用他为晋江教谕，以便支付给他一些俸禄，他没有接受。吏卒又申请每月给他一些粮食，他上书朝廷说："我家向来清贫，吃的东西也很简单，不需要什么花费。所以我的母亲安心在我家过活，我以为，我已经可以摆脱贫穷。并不像有的人那样清廉，只是为了达到全力孝敬父母的目的。古人替别人干活出卖劳力，背米回家，都是为了孝敬父母，我虽然贫困，还没有到这种地步。母亲抚养我，经历了千辛万苦，今年已经八十六岁了，将来的日子已经不多了，我想靠自己尽心出力，还不能报答母亲的恩情，如果再拿国家的钱，心里将深感不安。"

〔原文〕

（陈茂烈）弘治八年举进士①……。寻授吉安府推官②。考绩③过淮，寒无絮衣④，冻几殆⑤。入为监察御史，袍服朴陋，乘一疲马，人望而敬之。以母老终养⑥。供母之外，不办一帷。治畦汲水，身自操作。太守闻其劳，进二卒助之，三日遣之还。吏部以其贫，禄以⑦晋江教谕，不受。又奏给月米，上书言："臣素贫，食本俭薄，故臣母自安于臣之家，而臣亦得以自逭⑧其贫，非有及人之廉，尽己之孝也。古人行佣负米，皆以为亲，臣之贫尚未至是。而臣母鞠⑨臣艰苦，今年八十有六，来日无多。臣欲自尽心力，尚恐不及，上烦官帑⑩，心切未安。"

——《明史·陈茂烈传》

〔注释〕

①陈茂烈：字时周，明代莆田（今福建莆田市）人。弘治年间进士，官至监察御史。弘治：明孝宗的年号。

②寻：不久。推官：唐代在节度使、观察使下置推官，掌勘问刑狱。元、明于各府亦置推官。

③考绩：考核政绩。

④絮衣：棉衣。

⑤殆：危险。

⑥终养：归家侍候老母。

⑦禄以：给以俸禄。

⑧逭（huàn）：逃避。

⑨鞠：养育，抚养。

⑩帑（tǎng）：国库里的钱财，公款。

何遵直谏不顾家

明武宗喜欢四处巡游,这时又以到东岳进香为借口去南方巡视。工部主事何遵上疏直谏,说:"祭祀不在祀典内的祠庙不能得福。万一宗室中有人借口奉迎皇上,图谋不轨,那么就非但不能得福,反而要遭到祸患。"何遵指的是明宗室朱宸濠企图叛乱的阴谋。那些权臣见到何遵的上疏,阻止不许上报。

当时黄巩等人已经因抵制南巡得罪了武宗,何遵又与林大辂、蒋山卿等再次上疏,要求取消南巡,极力揭发宠臣江彬弄权倡乱,指出黄巩等人无罪,希望武宗特加赦罪,不要给后人留下杀谏臣的名声。明武帝看了奏疏之后大怒,下令将何遵抓进监狱,用杖狠狠地鞭打四十下,何遵被打得皮开肉绽,伤势很重,过了两天就死了,死时才三十四岁。何遵家很贫困,在同行、朋友的资助下才大殓埋葬。

起先,当何遵在起草奏疏时,家僮曾上前抱着他,痛哭流涕地说:"主人您即使不为自己打算,难道就不为双亲、孩子着想吗?"何遵一手执笔,一面神色从容地说:"请你向双亲大人致歉,说我很遗憾再也不能奉养他们了,告诉儿子,叫他不要荒废学业,那我就心满意足了。"

〔原文〕

帝①将南巡，以进香东岳为词。遵抗言②："淫祠③无福。万一宗藩④中藉口奉迎，潜怀不轨，则福未降而祸已随。"盖指宸濠⑤也。诸权幸见疏，遏⑥勿进。时黄巩等已得罪，遵复与同官林大辂、蒋山卿上疏乞罢南巡，极言江彬怙权倡乱⑦，巩等无罪，愿特宽宥⑧，毋使后世有杀谏臣名。帝怒，下诏狱，廷杖⑨四十。创甚，肢体俱裂，越二日遂卒，年三十四。家贫，僚友助而殓之。

当遵草疏时，家童前，抱持哭曰："主纵不自计，独不念老亲幼子乎？"遵执笔从容曰："为我谢大人，儿子勿令废学足矣。"

——《明史·何遵传》

〔注释〕

①帝：指明武宗朱厚照。

②遵：何遵，字孟循，江宁（今江苏南京）人。正德年间进士，授工部主事。抗言：直言抵制。

③淫祠：不在祀典内的祠庙。

④宗藩：宗室中受分封者。

⑤宸濠：朱宸濠，袭封宁王，与致仕都御史李士实、举人刘养正等谋夺帝位。正德十四年（1519年）起兵谋反，兵败后被杀。

⑥遏：抑止，阻止。

⑦江彬：字文宜，宣府（今河北宣化）人。曾任都指挥佥事、都督佥事等职。专事怂恿诏媚，诱明武宗四处巡游，掳掠妇女珍宝，倍受宠信。

⑧宽宥（yòu）：宽免，赦罪。

⑨廷杖：皇帝在朝廷上杖责臣下。明代往往由厂卫执行，是对官吏的一种酷刑。

海瑞为母祝寿

海瑞担任浙江淳安县的县令,生活朴素,穿的是布衣,吃的是糙米,还叫贴身老仆人种植蔬菜,自给自足。有一次,总督胡宗宪曾经对人说:"我昨天听说海瑞为母亲做寿,到市场上才买了二斤肉。"

海瑞没有儿子。他死的时候,佥都御史王用汲到他家一看,海瑞生前用的是粗布帐子,家里只有几口破旧的竹箱子,生活的环境比贫穷的读书人还差。王用汲感动得不禁流下了眼泪,就凑钱为海瑞办丧事。出丧那天,淳安县的百姓都自发地停止了做买卖。当出殡的船驶过江面时,两岸挤满了穿戴着白衣、白帽送丧的人。沿途不少人把酒洒在地上,表示祭奠,一百里之内,悲悼海瑞逝世的哭声不断。

〔原文〕

(海瑞)迁淳安知县①。布袍脱粟②,令老仆艺蔬③自给。总督胡宗宪尝语人曰:"昨闻海令为母寿,市肉二斤矣。"……

瑞无子,卒时,佥都御史④王用汲入视,葛帏敝籯⑤,有寒士所不堪者。因泣下,醵⑥金为殓。小民罢市。丧出江上,白衣冠送者夹岸,酹⑦而哭者百里不绝。

——《明史·海瑞传》

〔注释〕

①海瑞：字汝贤，自号刚峰，明代广东琼山（今海南岛）人。历任浙江淳安知县、应天巡抚、南京吏部右侍郎、右佥都御史等职。被人称为"海青天"。淳安：今浙江淳安县。

②脱粟：只去皮壳、不加精制的糙米。

③艺蔬：种植蔬菜。

④佥都御史：明代都察院置左右佥都御史，略次于左右副都御史。

⑤葛帏敝籯（yíng）：葛布帐子和破旧的竹箱。

⑥醵（jù）金：凑钱，集资。

⑦酹（lèi）：洒酒于地，表示祭奠。

史可法不纳妾

史可法以督师的名义守卫扬州。他身为督师，行军不设置遮阳挡雨的伞盖，吃饭只吃一样菜，夏天不用扇子，冬天不穿皮衣，晚上也总是和衣而睡。

史可法四十多岁还没有儿子，他的妻子想让他娶一个偏房，为他生个儿子。他叹息道："国家遭乱，国家大事有很多需要我来做，怎么敢想儿女私事呢？"

年三十晚上，史可法仍在处理公文，到半夜时，他感到有些疲倦，肚子又饿，便让人拿酒来喝，可是做饭的人报告说：肉菜已经分给将士，没有下酒的菜了。史可法只得一边吃盐豆，一边喝酒，度过了一个除夕夜。

〔原文〕

可法①为督师，行不张盖②，食不重味③，夏不箑，冬不裘，寝不解衣④。年四十余，无子，其妻欲置妾。太息⑤曰："王事方殷⑥，敢为儿女计乎？"岁除⑦遣文牒，至夜半，倦索⑧酒，庖人报骰肉已分给将士，无可佐者，乃取盐豉下之。

——《明史·史可法传》

〔注释〕

①可法：史可法，字宪之，明末河南祥符（今开封）人。崇祯年间进士。因镇压农民起义，升任南京兵部尚书。李自成灭明朝，他拥立福王（弘光帝），加大学士，称史阁部。马士英等不愿意让他掌大权，以督师为名派他守扬州。清军南下，扬州被攻破，史可法不降被杀。

②张盖：车篷。

③重味：两样味，指多样菜。

④解衣：脱衣。

⑤太息：叹息。

⑥方殷：正多。殷：多盛。

⑦岁除：除夕夜。

⑧索：取。

嗣母遗训

顺治二年（1645年）七月初，昆山被清兵攻破，紧接着常熟也陷落了。顾炎武的母亲听到这个消息，非常悲痛，便开始绝食，十五天中粒米不进。到乙卯那天晚上，溘然长逝了。八月庚辰清晨，举办了丧事。第二天，清军就到了嘉定。多么悲痛啊。母亲临终前对顾炎武说："我虽是妇道人家，也受到了国家的恩遇，我同国家共存亡，这是合于道义的事，你不要做异国的臣子，千万不要辜负先朝的世代大恩，不要忘了祖先的遗训，这样，我就可以安眠于九泉之下了。"

〔原文〕

七月乙卯，昆山陷①，癸亥，常熟②陷。吾母③闻之，遂不食，绝粒者十有五日。至乙卯晦④而吾母卒。八月庚辰朔⑤，大殓，又明日而兵至矣。呜呼痛哉！遗言曰："我虽妇人，身受国恩，与国俱亡，义也。汝无为异国臣子，无负世世国恩，无忘先祖遗训，则吾可以瞑于地下。"

——顾炎武《先妣行状》

〔注释〕

①昆山陷：指顺治二年（1645年）清军南下的一次大屠杀。这年

七月二日,清军向昆山(今江苏昆山市)发起进攻。昆山全城同仇敌忾,奋起保卫昆山。后因寡不敌众,城池被破,城内百姓遇害者甚多。

②常熟:今江苏苏州所属常熟市。

③母:指顾炎武的母亲。

④晦:天黑,晚上。

⑤朔:平旦,天明时。

天下清官第一

于成龙字北溟,山西永宁人。他到江南任官,对自己引进的官吏严加告诫。在行政上,他革除多加的赋税,纠正过去积留已久的弊政,办公事常常通宵达旦。还喜欢微服出行,单独私访,观察民间百姓的疾苦,了解下属官吏是否贤明。

于成龙生活清廉,每天吃的是粗粮、蔬菜,江南风俗崇尚华丽,竞相换掉布衣,穿绫罗绸缎。而于成龙则不然,当官多次调任,从不携带亲属。他死的时候,将军、都统及其幕僚都来探望,家里装东西的一竹箱里只有袍一件,床头有咸豆数罐。百姓听说他死了,市民罢市,聚在一起痛哭,在家里还画上他的像,年年举行祭祀。

〔原文〕

于成龙①,字北溟,山西永宁人。……成龙至江南,进属吏②诰诫之。革加派③,剔④积弊,治事常至达旦。好微行⑤,察民间疾苦、属吏贤不肖⑥。自奉简陋,日惟以粗粝⑦蔬食自给。江南俗侈丽,相率易⑧布衣。……成龙历官未尝携家属,卒时,将军、都统及僚吏入视,惟笥中袍一袭,床头盐豉数器而已⑨。民罢市聚哭,家绘像祀之。

——《清史稿·于成龙传》

〔注释〕

①于成龙：字北溟，山西永宁州（今山西方山县）人。清顺治年间任罗成知县，官至两江总督，时称天下清官第一。

②进属吏：引进的官吏。

③革：革除。加派：在法定赋税外的加派。

④剔：除。

⑤微行：旧时指帝王或高官隐藏自己身份改装出行。

⑥不肖：不贤。

⑦粝：粗粮，粗米。

⑧易：换。

⑨笥（sì）：盛饭或盛衣服的方形竹器。豉（chǐ）：豆豉是把黄豆或黑豆泡透蒸熟，经过发酵而成，有咸淡两种。

郭子固不受贿赂

刑部员外郎郭子固当官从来不接受贿赂，家里人和亲戚都劝他通融一点，有的甚至为此责骂他，他却恭顺地答谢道："我没有弄钱的本事，并不敢自称廉洁。"清白廉洁的作风始终不变。

一天，他在路上遇见某尚书。尚书说："您谢绝别人，洁身自好，不请托拜见上司，为的是什么呢？"郭子固回答道："办公事自有办公事的地方，我没有什么私事要办，何必要求见上司呢？"尚书婉言相劝说："如今时势就是这样，您不要太固执了。"郭子固回答说："尽管世道风气这样，我还是我呀。"尚书听了，无话可说。

郭子固死的时候，钱袋里仅有不到一百个钱，别人只能用旧衣布袜为他殡殓。

〔原文〕

（郭子固）仕绝苞苴①，家人亲友劝其通，或至呵责之，逊谢曰："吾才不能致阿赌②，非敢洁也。"终不变。一日遇尚书甲于涂，曰："君屏迹③，不请谒④人，何也？"曰："公事有公地。私无事，奚⑤谒？"尚书婉谕曰："时如此，无执⑥。"曰："时如此时，某人如此人也。"甲默然。卒之日，囊钱不满百，敝衣布袜以殓。

——《颜李遗书·李恕谷先生年谱》

〔注释〕

①苞苴：指馈赠的礼物，引申为贿赂。

②阿赌：指钱。

③埽迹：扫去足迹，指谢绝宾客。埽：同"扫"。

④谒：请见，进见。

⑤奚：何。

⑥执：执拗，固执。

兄弟共勉学樊氏

梁玉绳字曜北，浙江钱塘人，是京师太学的学生。他的家世十分显贵，然而梁玉绳并不追求荣华富贵，还给自己取了"清白士"的雅号。他曾经对弟弟履绳说："东汉襄阳的樊氏家族，在当时十分显赫，子孙中虽然没有名望很大、官位显要的人，但他们家族世世代代都是书香门第，我愿与弟弟相互勉励啊！"所以，梁玉绳不到四十岁，就放弃了通过科举考试做官的打算，一心一意地从事著述。

〔原文〕

梁玉绳①字曜北，钱塘人，增贡生②。家世贵显③，玉绳不志富贵，自号清白士。尝语弟履绳④曰："后汉襄阳⑤樊氏，显重当时，子孙虽无名德盛位，世世作书生门户，愿与弟共勉之！"故玉绳年未四十，弃举子⑥业，专心撰著。

——《清史稿·梁玉绳传》

〔注释〕

①梁玉绳：字曜北，清代钱塘（今浙江杭州市）人。

②贡生：科举时代，挑选府、州、县生员（秀才）中成绩或资格优异者，升入京师的国子监（太学）肄业，称为贡生。

③家世贵显：梁玉绳的祖父梁诗正为雍正年间进士，乾隆间官至东阁大学士，兼吏部尚书。父梁同书，乾隆年间举人，累迁侍讲，工书能诗，名满天下。

④履绳：梁履绳，字处素，乾隆年间举人，精通《左传》。

⑤襄阳：治所在襄阳（今湖北襄阳市）。

⑥举子：应举的人。明清两代为乡试考中者的专称。

附：古代名臣治家书信精选

孔臧给子琳书

孔臧，是孔子后裔，也是西汉经学家孔安国的堂兄，武帝时拜太常卿。《给子琳书》旨在勉励儿子励精治学，坚持不懈，必能成就大业。信中引用古训："徒学知之未可多，履而行之乃足佳。"强调了实践在学习中的重要意义。

> 徒学知之未可多
> 履而行之乃足佳

近来听说你和一些朋友讲习经传，昼夜孜孜不倦，乐在其中，这很好！

一个人讲道，只看他的志向如何，进步总是逐渐取得的，越是勤奋，获得的知识也就越多。山间的水滴是最柔弱无力的，却能滴水穿石；蝎虫的力量是最微薄的，然而能损坏树木。水滴不是凿石头的铁凿，蝎虫不是钻穿树木的钻子，然而它们却能以微小脆弱的形体，攻破坚固刚硬的东西，这难道不是因为逐渐积累才达到这样的吗？

古训说："仅仅学而知之还不值得赞美，亲自实践才是最好的。"

所以学习还得表现在各种行动上来。

〔原文〕

顷来闻汝与诸友生讲肄书传①，滋滋②昼夜，衎衎不怠③，善矣！人之讲道，惟④问其志，取必以渐，勤则得多。山霤⑤至柔，石为之穿；蝎虫至弱，木为之弊⑥。夫霤非石之凿，蝎非木之钻，然而能以微脆之形，陷⑦坚刚之体，岂非积渐之致乎？训曰："徒学知之未可多⑧，履⑨而行之乃足佳。"故学者所以饰百行也。

——《全上古三代秦汉三国六朝文》

〔注释〕

①汝：你。肄（yì）：练习，学习。

②滋滋：同"孜孜"，勤勉。

③衎（kàn），和乐，快乐。

④惟：只、只有。

⑤霤（liù）：水流。

⑥弊：破，坏。

⑦陷：攻破。

⑧多：称许，赞美。

⑨履：实践，做。

刘向诫子歆书

刘向，西汉沛（今属江苏）人，字子政，经学家、目录学家和文学家。自宣帝至成帝时历任郎中、给事黄门、散骑谏议大夫、散骑宗正给事中、光禄大夫、中垒校尉等。这是他写给儿子刘歆的信,信中告诫儿子在顺利的时候不可忘乎所以,要杜绝骄奢,恭谨办事。

贺者在门　吊者在闾

希望你不要忽视:你并没有什么特殊的德行,却蒙受朝廷大恩,将怎样报答国家呢?董仲舒说:"致哀的人到了家门,道贺的人就随着到了里门。"意思是说,一个人有忧虑就会心怀恐惧,恭敬从事,恭敬从事必定有好结果,幸福就来了。他又说:"道贺的人到了家门,致哀的人就随着到了里门。"意思是说,一个人得福就容易骄傲奢侈,骄傲奢侈就会招祸,所以致哀的人随之而来。

春秋时,齐顷公起初凭借霸主的余威,轻视侮辱其他诸侯,晋国派郤克出使齐国,齐顷公夫人讥笑他是跛子,所以后来齐顷公在鞌之战中遭祸,只好改换服装逃跑。这就是所谓"道贺的人到了家门,致哀的人就随着到了里门"啊。齐顷公在兵败以后,人们都为之致哀,顷公诚惶诚恐,改过自新,受到老百姓的爱戴,诸侯都将夺取的城邑归还了齐国。这就是所谓"致哀的人到了家门,道贺的人就随着到了里门"啊。

现在你少年得志,做了黄门侍郎,处在显要的地位,新授官的人都要到你那里道谢,贵人也要向你叩头,你只有谨慎从事,小心翼翼,才能免于祸事。

〔原文〕

告歆无忽[①]:若未有异德,蒙恩甚厚,将何以报?董生[②]有云:"吊者在门,贺者在闾。"言有忧则恐惧敬事,敬事则必有善功而福至也。又曰："贺者在门，吊者在闾③。"言受福则骄奢，骄奢则祸至，故吊随而来。齐顷公之始，藉霸者之余威，轻侮诸侯，亏跂蹇之容④，故被鞌之祸，遁服而亡⑤，所谓"贺者在门，吊者在闾"也。兵败师破，人皆吊之，恐惧自新，百姓爱之，诸侯皆归其所夺邑⑥，所谓"吊者在门，贺者在闾"也。今若年少，得黄门侍郎⑦，要显处也。新拜皆谢，贵人叩头，谨战战栗栗，乃可必免。

——《艺文类聚》

〔注释〕

①歆：刘歆，字子骏，刘向子。成帝时为黄门郎，奉诏与父同校秘府藏书。父死后，继任中垒校尉。王莽篡汉执政，歆任"国师"。后谋诛王莽，事泄自杀。无忽：不要忽视。

②董生：董仲舒，西汉哲学家，今文经学大师，广川（今河北枣强东）人。曾任博士、江都相、胶西王相。主张"罢黜百家，独尊儒术"，为武帝采纳。

③闾（lú）：里门。

④亏跂蹇之容，故被鞌之祸：跂蹇：跛子。鞌之祸：指齐顷公在鞌之战中兵败。齐顷公六年，晋国派郤克出使齐国，郤克是跛子，齐国太夫人隔帷观看，不禁笑出声来。郤克因此怀恨在心。后齐使到晋，郤克杀了其中的人。顷公十年，齐伐鲁、卫，晋国派郤克率军救援，在鞌之战中大败齐军，齐顷公狼狈逃跑。

⑤遁服：改装。亡：逃亡。

⑥邑（yì）：城镇。

⑦黄门侍郎：秦及西汉的郎官给事于黄闼（宫门）之内者，称黄门侍郎。

张奂诫兄子书

张奂，字然明，东汉酒泉（今属甘肃）人。历任安定属国都尉、使匈奴中郎将、武威太守、大司农等职。这封信批评了侄儿张仲祉盛气凌人，瞧不起乡里群众的行为，并指出"年少多失，改之为贵"，认为年轻人只要认真改正就可以了。

年少多失，改之为贵

你们兄弟福分薄，很小就死了父亲，我家产稀少，又无谋生之道，如今刚刚喘过气来。听说仲祉骄傲自大，在乡里瞧不起老年人，侮辱同辈人，和他们随意开玩笑，胡说八道。无论年长年幼，都应当尊敬，用礼来约束自己。听说有人从敦煌来，异口同声称赞叔时待人宽厚亲爱，我听了又喜又悲，喜的是叔时得了好名声，悲的是对你有不好的反映。

《论语》上说，孔子在乡里，表现"恂恂如也""恂恂"的意思是谦恭的样子。《论语》不好懂，而你以父亲作为老师，你父亲难道有过瞧不起乡里群众的言行吗？年轻人错误缺点多，改了就好。春秋时蘧伯玉到五十岁时，感到过去四十九年犯了不少过错。只要你能改正就行了，你不可不好好想想我对你说的这番话。如果你不能自我反省，责备自己，反而说什么张甲造我的谣，李乙对我有意见，我没有什么错，抱这种态度，那你就完了。

〔原文〕

汝曹薄祐①，早失贤父，财单艺②尽，今适喘息。闻仲祉轻傲耆③

263

老，侮狎同年④，极口恣意。当崇长幼，以礼自持。闻敦煌有人来，同声相道，皆称叔时宽仁，闻之喜而且悲，喜叔时得美称，悲汝得恶论。

经言⑤："孔于乡党，恂恂如也。"恂恂者，恭谦之貌也。经难知，且自以汝资父为师，汝父宁轻⑥乡里耶？年少多失，改之为贵，蘧伯玉⑦年五十，见四十九年非。但能改之，不可不畏吾言。不自克责，反云张甲厉我，李乙怨我，我是无过，尔⑧亦已矣。

——《艺文类聚》

〔注释〕

①汝曹：你们。薄祐：福薄。

②艺：才能，本领。

③耆（qí）：老。

④同年：同辈。

⑤"经言"句：指《论语·乡党》中所说的孔子在乡党中的谦恭表现。

⑥轻：轻视，看不起。

⑦蘧伯玉：春秋时卫国大夫。他说自己活到五十岁，能知过去四十九年生涯中的过失。

⑧尔：你。

郑玄诫子书

郑玄，字康成，东汉北海高密（今属山东）人，著名经学家。建安中，征拜大司农。他以毕生精力从事著述事业。这是郑玄年迈时写给儿子的信札，情真意切，谆谆教诲，凝聚了他对孩子处世、治学的殷切期望。

显誉成于僚友
德行立于己志

我已经年迈，要把家事托付给你了。今后我就要清静地生活，修身养性，深思熟虑地完成著述任务。如果不是拜受皇帝的诏令，慰问亲族的丧事，祭祀祖先的坟墓，观看郊外的文物，何尝会再拄着拐杖出门去呢？今后大小的家事，都要由你一个人承担起来了。

想你孤独一个人，又没有兄弟可以互相依靠，希望你努力追随君子之道，钻研学问，持之以恒，敬重有道德的人，达到崇高的思想境界。显著的名声靠同事、朋友的相互勉励，高尚的德行要通过自己的志向才能实现。假如获得了应有声誉，也就无愧于自己的一生了。这难道不值得深思吗！能不值得深思吗！

〔原文〕

今我告尔以老，归尔以事，将闲居以安性，覃思以终业①。自非拜国君之命，问②族亲之忧，展敬坟墓，观省野物，胡③尝扶杖出门乎？家事大小，汝一承之。咨尔茕茕一夫④，曾⑤无同生相依，其勖求⑥君子之道，研钻勿替，敬慎威仪⑦，以近有德，显誉成于僚友，德行立于己志。若致声称⑧，亦有荣于所生，可不深念耶！可不深念耶！

——《后汉书·郑玄传》

〔注释〕

①覃(tán)思：深思。终业：指完成著述任务。

②问：慰问。

③胡：何，何故。

④咨(zī)：叹息的声音。茕(qióng)：孤独一身。

⑤曾(zēng)：连……都。

⑥勖(xù)求：勉励追求。

⑦敬慎威仪：敬重有道德的人。

⑧声称：声望，名誉。

刘廙诫弟纬

刘廙，字恭嗣，三国魏安众（今属河南）人，曹操时为丞相掾属，文帝即位后官侍中，封关内侯。刘廙在信中劝诫弟弟刘纬要注意结交好友，不要同那种夸夸其谈、沽名钓誉的人交朋友。

交友之美　在于得贤

交朋友的好处在于得到贤良的人，这事不可不审慎。但是，世间一些人交朋友往往不加选择，只求结交广泛，这违背了从前圣人所说的交友的教导。这样做，对自己无益，也不能帮助别人。我看魏讽这人，不注意培养自己的品德修养，专门聚集一帮人，夸夸其谈，不务实际，只是招摇于世，是一个沽名钓誉的人。你可要小心谨慎，不要再与他来往。

〔原文〕

夫交友之美，在于得贤，不可不详①。而世之交者，不审择人，务②合党众，违③先圣人交友之义，此非厚己辅仁之谓也。吾观魏讽④，不修德行，而专以鸠合⑤为务，华而不实，此直揽世沽名者也。卿其慎之，勿复与通。

——《三国志·刘廙传》

〔注释〕

①详：审慎。

②务：致力，从事。

③违：违背，违反。

④魏讽：字子京，三国时沛（今属江苏）人。汉末为西曹掾，后与长乐卫尉陈祎谋袭邺城攻打曹操，陈祎告发此事，魏讽被杀。

⑤鸠合：聚合，纠合。

诸葛亮诫子书

诸葛亮，字孔明，琅邪阳都（今山东沂南县）人，三国时著名政治家、军事家。蜀汉政权丞相，封武乡侯。这是诸葛亮教育他儿子的书信，信中论述了志与学、学与才的关系，告诫儿子要淡泊明志，珍惜光阴，进德修业。

学须静也　才须学也

君子的行为，应该是在宁静中提高自己的修养，通过节俭培养自己的品德。对名利不采取淡漠态度，就无从确立自己的志向；不能安宁清静，就难以实现远大的目标。学习必须宁静专心，才干要靠努力学习。不学习，无法增长才干；没有志向，学习不会有成就。疏忽马虎，过于骄傲，就不能振奋精神；贪走捷径，过于急躁，就不能培养品德。否则，年龄跟着时光流逝，意志随着日月衰退，就会像枯木落叶一样老朽无用。这样的人，大多不能适应时代的要求，最后一事无成，只能守着自己的茅屋悲叹、感伤，那时再懊悔也来不及了！

〔原文〕

　　夫君子之行，静以修身，俭以养德，非淡泊①无以明志，非宁静无以致远②。夫学须静也，才须学也，非学无以广③才，非志无以成学。淫慢则不能励精④，险躁则不能治性⑤。年与时驰⑥，意与月去，遂成枯落⑦，多不接世⑧，悲守穷庐⑨，将复何及！

——《诸葛亮集》

〔注释〕

　　①淡泊：恬淡寡欲，不慕名利。

　　②致远：达到远大的目标。

　　③广：扩大，增长。

　　④淫慢：疏忽马虎。励精：振奋精神，努力钻研。

　　⑤险躁：过于急躁。治性：培养品德。

　　⑥驰：奔驰，流逝。

　　⑦枯落：枯木、衰草，比喻毫无作为。

　　⑧多不接世：大多数不能适应时代要求，一事无成。

⑨穷庐：简陋的茅屋。

诸葛亮又诫子书

诸葛亮指出，适当饮酒作乐，可以起到调节性情的作用，同时告诫儿子饮酒要注意节制，不要贪杯烂醉。

夫酒之设　合礼致情

设酒请客，为的是合于礼节，表达情感，使身体舒畅，恢复性情，酒宴结束之后，大家愉快地散席，这是最和谐的了。如果主人的酒兴未尽，客人也尚未疲倦，可以再喝一点，略带醉意，但千万不要达到神志不清的地步。

〔原文〕

夫酒之设，合礼①致情，适②体归性，礼终而退，此和之至也。主意未殚③，宾有余倦④，可以至醉，无致迷乱。

——《诸葛亮集》

〔注释〕

①礼：礼节仪式。
②适：适合，适宜。
③主：主人。殚（dān）：尽，竭尽。
④宾：客人。余倦：尚未疲倦。

诸葛亮诫外甥书

一个人的志向应该高尚远大,弃绝各种情欲杂念,经得起各种顺利和曲折的考验,不要碌碌无为。

忍屈伸　去细碎
广咨问　除嫌吝

一个人立的志向应当高尚、远大,仰慕有德行的前贤,弃绝情欲,克服阻止自己进步的障碍,使自己的这种志向清楚地显示出来,并诚恳地让人感觉到。要经受得起曲折和顺利时的种种考验,不斤斤计较细小的得失,广泛地听取别人的意见,避免与人发生嫌隙,导致后悔。这样,虽然在名誉、地位方面进展不顺利,对自己美好的志趣又有什么损失呢?又怕什么不能成功呢?如果志向不坚定,意气不奋发,束缚于流俗私情,无声无息,碌碌无为,长期处于凡俗的境地,那就难免要落到下游了。

〔原文〕

夫志当存高远,慕先贤,绝情欲,弃疑滞,使庶几①之志,揭然有所存,恻然②有所感;忍屈伸,去细碎,广咨③问,除嫌吝,虽有淹留④,何损于美趣,何患于不济。若志不强毅,意不慷慨,徒碌碌滞⑤于俗,默默束⑥于情,永窜伏于凡庸,不免于下流矣!

——《诸葛亮集》

〔注释〕

①庶几：接近，近似。此指接近贤者的志向。

②恻然：诚恳的样子。

③咨：商议，咨询。

④淹留：停留，久留。这里指在名誉、地位方面受挫。

⑤滞：停留，滞留。

⑥束：约束，束缚。

羊祜诫子书

羊祜，字叔子，西晋南城（今山东费县西南）人。晋武帝时累官尚书右仆射，都督荆州诸军事，为官深得人心。在这封信札中，他对儿子的行为规范提出了一系列要求，有些是很中肯的。

恭为德首　慎为行基

我从小受父亲的教育，会说话的年龄就叫我学习，九岁时父亲便亲自教我读《诗经》《尚书》，尽管这样，尚且没有得到人们的称赞，获得高洁的名声。现在我担任这样的职位，只是出于朝廷的恩典，并不是自己的力量所能达到的。

我和父亲相比差远了，你们又比不上我。在考虑周全、预见深远方面，恐怕你们兄弟是办不到的；具有奇才异能、超凡出众，看来在这方面也没你们的份。谦恭在品德中占首位，谨慎是行事的基础，希望你们做到讲话诚实可靠，行为老实恭敬，不要拿钱财给人许愿，不要传播没有根据的话，不要听别人流长飞短的话。听见别人有过错，耳朵可以听，嘴巴不要说，凡事都要三思而行。如果言论、行为不守信用，将来遭到人家非难指控，受到刑事审讯，谁还会怜悯你呢？甚至连祖父、父亲都会蒙受耻辱。多想想你们父亲说的话，牢记你们父亲的教诲，希望你们把这些话都背诵下来。

〔原文〕

吾少受先君之教，能言之年，便召以典文①。年九岁，便诲②以《诗》《书》。然尚犹无乡人之称，无清异之名。今之职位，谬恩③之加耳，非吾力所能致也。吾不如先君远矣，汝等复不如吾。咨度④弘伟，恐汝兄弟未之能也；奇异独达，察⑤汝等将无分也。恭为德首，慎为行基，愿汝等言则忠信，行则笃敬，无口许人以财，无传不经之谈，无听毁誉之语。闻人之过，耳可得受，口不得宣，思而后动。若言行无信，身受大谤⑥，自入刑论⑦，岂复惜汝？耻及祖考。思乃父言，纂⑧乃父教，各讽诵之。

——《艺文类聚》

〔注释〕

①典文：学习典文，即就学。

②诲：教导，指教。

③谬恩：错加的恩典。这是一种谦逊的说法。

④咨度：考虑问题周全、有预见性。

⑤察：观察，考察。

⑥谤：公开指责。

⑦刑论：刑法审判。

⑧纂：通"缵"，继承。

颜真卿守政帖

颜真卿，字清臣，唐代京兆万年（今陕西西安）人，著名书法家。官至吏部尚书、太子太师，封鲁郡公，世称颜鲁公。颜真卿在肃宗时曾因受到谗言诬告而被贬黜，这是他被贬时写给子孙的一封信。信中他教育子孙要坚持真理，守志不移，不要苟且偷安，成为千古罪人。

政可守　不可不守

正确的道理要坚持，不能不坚持。去年我为了国家大事上书言事，结果受人诬陷获罪，但是我又不能违背正道，企求一时的苟且偷安，堕落成为千古罪人。虽然我被贬到边远地区，但我终生不感到这是耻辱。绪汝你等应当领会我的志向，不能不坚守正道啊！

〔原文〕

政①可守，不可不守。吾去岁中言事得罪，又不能逆道苟时②，为千古罪人也。虽贬③居远方，终身不耻。绪汝等当须会④吾之志，不可不守也。

——颜真卿《颜鲁公文集》

〔注释〕

①政：通"正"，正直，公正。

273

②道：道理，规律。苟：苟且。
③贬：降职。
④会：领会。

元稹诲侄等书

元稹，字微之，河南洛阳（今属河南）人，唐代著名诗人。曾任监察御史，因得罪宦官及旧官僚，遭到贬斥。立定志向、发奋读书、出入谨慎、珍惜时光，是元稹在信中寄予侄子的厚望。

庶其自发　无弃斯须

元仑侄儿等人：我刚被贬官远方，不知什么时候才能见到你们，现在将我心中所想到的，略加陈述，作为赠言。

你们都快到成人的年龄了，却还没有立定志向。古人曾经讥笑鲁昭公登位十九年还有孩子气，这难道不能引起你们的警惕吗？远的不说，难道你们没有看到我哥哥如何奉守家法吗？我家世代俭朴清贫，祖先留下遗训，常常怕广置产业会使子孙懒惰，所以家里连供打柴的山地都没有，这点你们是很清楚的。我私下看哥哥二十年来以微薄的薪俸供养穷困之家，这中间一半要靠求人资助和在外奔波私下才能勉强维持生计。我生来已经三十二年了，才知道衣食是怎么来的。

现在你们受到父母的恩爱，兄弟成行，如果不在这时努力学习诗书，取得荣誉，兴旺发达，那还算人吗？还可以叫作人吗？我又想到，哥哥由于交游不谨慎，遭人议论，很是后悔，你们交友往来，也切记应当小心谨慎。我现在遭到贬谪,不宜说这个话。我生长在京城,朋友不少,但是从不知道妓女、优伶的处所,也不曾在闹市观看过他们,你们信不信啊?我家姊妹少,对陆家的几个孩子比对你们更挂念。女孩子们既使我怀终生的遗憾,又没有让我恪守己志的诚心,日思夜想,似乎忘了生命的存在。请你乘便把我这封信抄下来寄去,希望他们奋发向上,千万努力,不要虚度光阴。

〔原文〕

告仑①等:吾谪窜②方始,见汝未期,粗以所怀,贻③诲于汝。汝等心志未立,冠④岁行登,古人讥十九童心⑤,能不自惧?吾不能远谕他人,汝独不见吾兄之奉家法乎?吾家世俭贫,先人遗训常恐置产息子孙,故家无樵苏之地,尔所详也。吾窃见吾兄,自二十年来,以下士之禄,持窘绝之家,其间半是乞丐羁游⑥,以相给足。然而吾生三十二年矣,知衣食之所自。……今汝等父母天地,兄弟成行,不于此时佩服诗书,以求荣达,其为人耶?其曰人耶?吾又以吾兄所职,易涉悔尤,汝等出入游从,亦宜切慎。吾诚不宜言及于此。吾生长京城,朋从不少,然而未尝识倡优⑦之门,不曾于喧哗纵观。汝信之乎?吾终鲜姊妹,陆氏诸生,念之倍汝,小婢子等既抱吾殁身之恨,未有吾克己之诚,日夜思之,若忘生次。汝因便录吾此书寄之,庶其自发,千万努力,无弃斯须⑧。

——元稹《元氏长庆集》

〔注释〕

①仑:元仑,元稹的侄子。

②谪窜:贬官远方,此指元稹被贬至湖北江陵。

③贻:赠给,送给。

④冠：古代男子二十岁行冠礼，表示成人。

⑤古人讥十九童心：据《左传》记载，鲁昭公在位十九年，犹有童心，受到人们的讥笑。

⑥羁（jī）游：指客游他乡。

⑦倡优：古代以乐舞、戏谑为业的艺人。旧时蔑视戏剧演员，常把他们与妓女并列，合称"倡优"。

⑧斯须：须臾，片刻。

欧阳修与十二侄

欧阳修，字永叔，号醉翁，吉州永丰（今属江西）人，北宋著名文学家、史学家。天圣年间进士，曾任枢密副使、参知政事。在《与十二侄》中，欧阳修严厉要求侄子要尽心办事，临难捐躯，廉洁奉公。

尽心向前　不得避事

欧阳氏从江南归诚以来，几代人都蒙受朝廷的官爵俸禄。我今天又承蒙恩典，官显位荣，使你们也都并居官位，值此多事之秋，你应当考虑如何报效国家。如果上面有差事，你要尽心向前，不许回避。至于临危不惧，为国捐躯，对你来说也是光荣的事，只要你尽心为公，老天也会保佑你，千万不可以想避开差事。

昨天收到的信中说，你想买朱砂来，我这里不缺这东西。你做官应当保持廉洁，怎么可以买管辖户内的东西呢！我在官府，除了吃的食品之外，从来不曾买一样东西，你应当引以为戒啊。

〔原文〕

　　欧阳氏自江南归明①，累世②蒙朝廷官禄。吾今又蒙荣显，致汝等并列官裳③，当思报效。偶此多事，如有差使，尽心向前，不得避事。至于临难死节，亦是汝荣事，但存心尽公，神明亦自佑汝，慎不可思避事也。昨书中言欲买朱砂来，吾不缺此物。汝于官下宜守廉，何得买官下物！吾在官所，除饮食物外，不曾买一物，汝可守此为戒也。

——欧阳修《欧阳文忠公集》

〔注释〕

　　①归明：归诚。
　　②累世：几代，几世。
　　③官裳：官员的衣着，此指官职。

司马光俭示子康

　　司马光，字君实，陕州夏县（今属山西）人，北宋著名政治家、史学家。历任天章阁待制兼侍讲知谏院、龙图阁学士、资政殿学士等职。哲宗即位后，任尚书左仆射，兼门下侍郎。著有史学名著《资治通鉴》。司马光给儿子司马康的信中，强调了崇尚节俭，"以俭素为美"的思想。

众人皆以奢靡为荣
吾心独以俭素为美

我家本来清贫，世世代代继承了清白的家风。我性情生来就不喜欢华丽奢侈，当我还是儿童的时候，大人给我金银或者华美的衣服，就感到害羞而不要。二十岁考中进士，参加闻喜宴时，只有我一个人不戴花。同榜进士对我说："这是皇上的恩赐，不能违背。"我才戴上一朵花。

我一生中，衣服只要能御寒，饮食只要能饱肚就行了。我也不敢穿肮脏破烂的衣服，以违背世俗，窃取虚誉，只是顺着自己的性情罢了。众人都以奢侈为光荣，我独以俭朴为美德。人们都讥笑我固执鄙陋，我不认为这有什么不好，回答他们说："孔子说'与其因为奢侈而骄傲，不如因节俭而被人家看作固执鄙陋'。"又说："因为俭约而犯错误的很少。"又说："作为一个有志于学圣人之道的读书人，却把穿得不好，吃得差看作是一种耻辱，这样的人不值得和他谈论道义。"古人把节俭作为美德，现在的人却把俭朴引以为耻辱。唉！这是多么奇怪啊！

〔原文〕

吾本寒家，世以清白相承。吾性不喜华靡①，自为乳儿，长者加以金银华美之服，辄羞赧②弃去之。二十忝③科名，闻喜宴④独不戴花。同年⑤曰："君赐不可违也。"乃簪一花。平生衣取蔽寒，食取充腹，亦不敢服垢敝以矫俗干名⑥，但顺吾性而已。众人皆以奢靡为荣，吾心独以俭素为美，人皆嗤吾固陋⑦，吾不以为病，应之曰："孔子称'与其不逊也宁固'。"又曰："以约失之者鲜矣。"又曰："士志于道而耻恶衣恶食者，未足与议也。"古人以俭为美德，今人乃以俭相诟病⑧。嘻！异哉！

——司马光《传家集》

〔注释〕

①华靡：华丽奢侈。

②羞赧（nǎn）：因惭愧而脸红。

③忝（tiǎn）：谦辞，惭愧。

④闻喜宴：唐宋科举制度中为新进士及诸科及第的人举行的宴会，称为"闻喜宴"。

⑤同年：科举制度中称同科考中的人为"同年"。

⑥诟敝：肮脏、破旧。干名：求名。

⑦固陋：固塞鄙陋。

⑧诟病：指责。

司马光与侄书

哲宗即位后，司马光担任门下侍郎（相当于宰相）。值此隆升之际，司马光写书信给侄儿，告诫他们不要倚仗他的声望、权势胡作非为，应加倍地谦逊退让，奉公守法。

  不得恃赖我声势　　作不公不法

近来蒙皇上的恩典，授予我门下侍郎的职位，满朝嫉妒我的人不可胜数，而我秉性愚直，处在这样的环境中，犹如一片黄叶在凛冽的寒风中，能够维持多久而不坠落呢？所以我接受任命以来，只感到恐惧，并没感到欢喜，你们应当领会我讲的意思，加倍谦恭退让，不许倚仗我的声望、权势，做背公违法的事，打扰官府，欺压百姓，使乡里的人痛恨你们。否则，我将来遭祸，都是由你们引起的，那你们就连普通人也不如了。

〔原文〕

近蒙圣恩除门下侍郎①，举朝嫉者何可胜数，而独以愚直之性处于其间，如一黄叶在烈风中，几何②不危坠也！是以受命以来，有惧而无喜。汝辈当识此意，倍须谦恭退让，不得恃赖③我声势，作不公不法，搅扰官司，侵陵④小民。使为乡人所厌苦，则我之祸，皆起于汝辈，亦不如人也。

——刘清之《戒子通录》

〔注释〕

①除：任命，授职。门下侍郎：门下侍郎或中书侍郎同平章事为宰相之称。

②几何：若干，多少。

③恃赖：依靠，凭借。

④侵陵：侵犯，欺侮。

黄庭坚与徐甥师川

黄庭坚，字鲁直，号山谷道人。北宋分宁（今江西修水）人，著名诗人、书法家。治平年间进士。以校书郎为《神宗实录》检讨官，迁著作佐郎。这是一封他和外甥探讨如何治学的书札。

自当用十年之功　养心探道

分别以来没有一天不思念你。春风送暖，想来你在侍奉父母之外，必定能丢开世间的人事纠葛，尽心学习。前回你寄信来，说要用十年的时间，修身养性，探讨正道。我常常吟咏这话，你真的能够这样，就足以前追古人，洗刷前辈的耻辱。

但是学习有它的要道，读书必须一言一句地加以理解，自己悉心探求其究竟，方能领会古人的用心处，这样才不会白用功。如果又想修业进道，必须排除外来的欲望，才能收到全功。古人讲，放纵欲望的话，就会败坏一个人的好事，心思集中一处，没有什么事情办不成。读书的时候，先要把房间桌椅打扫干净，焚上一炷香，使心思不涣散，这样读了就能很好地领会理解。少年时期，志气正强，常能这样，就能达到事半功倍的效果。你天资聪颖，一定能理解我的话，所以我就详尽地写了这些。

〔原文〕

别来无一日不奉思，春风暄暖①，想侍奉之余，必能屏弃人事②，尽心于学。前承示谕，自当用十年之功，养心探道。每咏叹此语，诚能如是③，是以追配古人，刷前人之耻。然学有要道，读书须一言一句，自求己事，方见古人用心处。如此则不虚用功。又欲进道，须谢去外慕，乃得全功。古人云：纵此欲者，丧人善事，置之一处，无事不办。读书先净室焚香，令心意不驰走，则言下理会。少年志气方强，时能如此，半古之人，功必倍之④。甥性识颖悟⑤，必能解⑥此，故详悉及之。

——黄庭坚《山谷别集》

〔注释〕

①暄暖：暖和。

②屏：同"摒"，除去，弃。人事：人世间的事情。

③如是：这样。

④半古之人，功必倍之：语出《孟子·公孙丑》上。意思是说，当今所施恩惠只有古人的一半，而有二倍之功。

⑤颖悟：聪明，理解力强。

⑥解：理解。

胡安国与子书

胡安国，字康侯，南宋建宁崇安（今属福建）人，经学家。绍圣年间进士，曾任中书舍人兼侍讲、宝文阁直学士。在这封简短的书札中，胡安国要求儿子要学好法律，明辨是非，才能处理好政事，同时指出要在吃喝享受、男女关系两个问题上多加注意。

治心修身　以饮食男女为切要

一个人要立志向，明道理，期望自己学有所成，文采飞扬；居心要诚实可信，根本点是既不欺人，又不自欺。行为要端庄，表现出清廉谨慎的操守；处理事情要明察勤勉，果断地明辨是非。执行法律要严谨，只有反复推求立法的用意，然后才能运行得当，这样才能处理好政事，不落在其他人的后面啊。希望你努力勉励自己！在治心修身、提高道德修养方面，最要紧的是在吃喝享受和男女关系两个问题上多加注意，古来的圣贤都在这方面下功夫，这是绝对不能忽视的呀！

〔原文〕

　　立志以明道，希①文自期待；立心以忠信，不欺为主本。行己以端庄，清慎见操执；临事以明敏②，果断辨是非。又谨三尺③，考求立法之意而操纵之，斯可为政，不在人后矣。汝勉之哉！治心修身，以饮食男女④为切要，从古圣贤，自这里做功夫，其可忽乎！

　　　　　　　　　　　　　——刘清之《戒子通录》

〔注释〕

　　①希：仰慕，企求。

　　②明敏：明察勤勉。

　　③三尺：法律。古时把法律条文写在三尺长的竹简上，故称"三尺法"，又称"三尺"。

　　④饮食男女：泛指物质享受、男女关系方面的道德品质。

朱熹给长子书

　　朱熹，字元晦（一字仲晦），南宋徽州婺源（今属江西）人，著名哲学家、教育家。曾任秘阁修撰等职。这是朱熹儿子外出求学时，朱熹写给他的书信节录。信中，朱熹在儿子处世交友、修养律己等方面提出了要求。

不可荏苒渐习　自趋小人之域

你在外求学，不许酗酒迷乱，荒废学业。讲话要注意，一旦出了差错，于己无益，又触犯别人，特别应当引以为戒。不可说人家的坏话，议长论短，搬弄是非。有人来告诉你，你也不要应酬回答。在先生面前，尤其不可说同学的短处。

在交游方面，尤其应当审慎选择。尽管都是同学，也不可没有亲疏的分别。这些要听先生的指教。大凡为人厚道，诚实可靠，能指出自己缺点的人，是对自己有益的朋友；奉承拍马，为人轻薄傲慢，行为放荡，引导人做坏事的人，是对自己有害的朋友。以此类推，就可以把握六七分了。如果进一步审慎推求，那就百无一失了。怕就怕一个人志趣低下、平庸，不能够克己从善，那么有益的朋友就会自然而然地日益疏远，有害的朋友自然而然地日益亲近，这是必须严加检点、纠正革除的，不能随着时光流逝，逐渐浸染这种习气，自甘和小人为伍。这样的话，即使有好的师长，也无法挽救了。

以上的几条，希望你严加遵守。信中所没有谈到的，也可根据这些道理推而广之。我所说的，归纳起来就是"勤谨"两个字。遵循这两个字，奋发向上，就有无限的好事情，我虽然不敢说将来怎样，而私下里为你祝愿；违反这两个字，堕落下去，就会产生无限不好的事情，我虽然不想讲结果怎样，而不免为你担忧了。

〔原文〕

不得饮酒荒思废业。亦恐言语差错，失己忤①**人，尤当深戒。**不可言人过恶，及说人家长短是非，有来告者，亦勿酬答。于先生之前，尤不可说同学之短。

**交游之间，尤当审择。虽是同学，亦不可无亲疏之辨。此皆当请于先生，听其所教。大凡敦厚忠信，能攻吾过者，益友也；其谄谀②轻薄，傲慢亵狎③，导人为恶者，损友④也。推而求之，亦自合见得五七分。更问以审之，百无所失矣。但恐志趣卑凡，不能克己从善，则益者不期疏而日远，损者不期近而日亲，此须痛加检点而矫革⑤之，不可荏苒⑥渐习，自趋小人之域。如此，则虽有贤师长，亦无救拔自家处矣。……

以上数条，切宜谨守。其所未及，亦可据此推广。大抵只是"勤谨"二字：循之而上，有无限好事，吾虽未敢言，而窃汝为愿之；反之而下，有无限不好事，吾虽不欲言，而未免为汝忧之也。

——朱熹《晦庵续集》

〔注释〕

①忤（wǔ）：违反，抵触。
②谄（chǎn）谀：巴结奉承，谄媚。
③亵（xiè）狎：举止不严肃，行为放荡。
④损友：对自己有害的朋友。
⑤矫革：纠正革除。
⑥荏苒：随时光渐渐过去。

罗伦诫族人书

罗伦，字彝正，明代永丰（今属江西）人，号一峰。明宪宗廷试时，他提出了万余言的对策，激烈地抨击了时弊。为人刚正不阿，严于律己。官至修撰，后引疾辞官，不复出仕。《戒族人书》期望家族中能出现道德品质高尚的"好子弟"，足以"与日月争光，与山岳争重,与霄垠争久",而不要出现不肖子孙。

家不齐而求国治　无此理也

各位叔父、各位兄长：分别后想来都安乐康健,罗伦没有其他的嘱托,做祖宗父兄的,都期望家族中能出现好子弟。能够称为好子弟的,并不是因为他们有好田宅、好衣服、好官爵,可以在乡里夸耀一时。而是指他们有好的名声节操,可以与日月争光,与山岳争重,与天地共存,足以安定国家,拯救苍生,风化四方,名垂后世,就像北宋的欧阳修、南宋的文天祥那样的人物。

如果只求生活上的饱暖,养成势利眼,如前面所说,就是坏子弟,不是好子弟了。这种不肖子弟,在家未做官,足以玷污祖宗,遗祸子孙,损害身家性命。出去做官,足以危害朝廷,祸乱天下,辜负后世,甚至后代子孙都不敢认他们是祖宗,就像宋代的蔡京、秦桧那样的奸臣一样。这难道是父兄、祖宗所期望的吗?当时蔡京、秦桧官高权重,富贵显赫,今天乡里的一两个前辈岂能和他们相比呢!但是今天他们的下场又怎样呢?

但是,称得上好子弟的,也在于父兄子侄共同努力造就。我们家乡人才很多,然而不是遭到父兄败坏,便是失在子孙手里,结果受到后世的讥笑,真是可恶极了。记载在史书上面,使后世贤明的君主轻视、不任用南方人,未必不是由于这个道理。我希望各位叔父能听进去我的话,各位子侄引以为戒,促成我成为天地间一个完美无缺的人。因为从来没有过治国不是由齐家而来,如果不能齐家,而想把国家治理好,天下是没有这个道理的。

〔原文〕

　　列位叔父、列位兄长：别后想得安康，伦别无他嘱，为人祖宗父兄者，惟愿有好子弟。所谓有好子弟者，非好田宅，好衣服，好官爵，一时夸耀闾里[1]者也。谓有好名节，与日月争光，与山岳争重，与霄壤争久[2]，足以安国家，足以风四方，足以奠苍生，足以垂后世。如汴宋之欧阳修[3]，如南渡之文丞相者是也[4]。若只求饱暖，习势利，如前所云，则所谓恶子弟，非好子弟也。此等子弟，在家未仕也，足以辱祖宗，殃子孙，害身家；而出仕也，足以污朝廷，祸天下，负后世，甚至子孙有不敢认，如宋之蔡京、秦桧[5]，此岂父兄祖宗之所愿哉！想其势焰宦爵富贵，岂止如今日乡里中一二前辈也！而今日安在哉？然所谓好子弟者，亦在父兄子侄成就之耳。人才之盛，乡党为最[6]，然非父兄败之，则子孙丧之，取讥天下，贻笑后世，甚可恶也；载之史书，使后世之明君贤主，轻弃南人，未必不由此也。吾愿叔父听之，子侄戒之，其怂成我做天地间一个完人。盖未有治国不由齐家，家不齐而求治国，无此理也。

——罗伦《一峰集》

〔注释〕

　　①闾里：乡里。

　　②与霄壤争久：即与天地争长久的意思。霄壤：天地。

　　③汴宋：指北宋，北宋都城在汴京（今河南开封）。欧阳修：北宋著名的文学家、史学家，曾任枢密副使、参知政事。

　　④南渡：指南宋。金朝灭亡北宋后，赵构君臣由汴京南渡来到杭州，建立南宋政权，故称。文丞相：文天祥，南宋大臣、文学家。曾任南宋丞相，后被元军俘虏，英勇不屈，被害于柴市。

⑤蔡京：字远长，北宋熙宁年间进士。历任户部尚书、右仆射、太师，是北宋有名的奸臣。秦桧：字会之，南宋高宗时宰相，杀害了抗金名将岳飞，是历史上臭名昭著的奸臣。

⑥人才之盛，乡党为最：这句话的意思是我们乡里人才很多。

周怡勉谕儿辈

周怡，字顺之，号纳溪，明代太平县（今属安徽）人。嘉靖年间进士，曾做过吏科给事中，敢于抨击当时有权势的大臣。隆庆初，擢太常少卿，后因得罪皇帝被贬官。他要求儿辈们崇尚勤俭，信中写道："常将有日思无日，莫待无时思有时。"

由俭入奢易，由奢入俭难

一个人从俭朴转向奢侈容易，由奢侈再到俭朴就难了。饮食和衣服，如果想到它们得来艰难，就不敢轻易浪费。一餐酒肉的费用，可供几天的粗茶淡饭，一匹绢纱的钱，可做几件粗布衣服。只要不挨饿受寒就足够了，何必一定要图好吃好穿呢？如果常常在富有的日子想到一无所有的日子，不要等到没有的时候再想到富有的时候，那么子子孙孙就可以常享温饱了。

〔原文〕

由俭入奢易①，由奢入俭难。饮食衣服，若思得之艰难，不敢轻易费用。酒肉一餐，可办粗饭几日；纱绢一匹，可办粗衣几件。不馋②

不寒足矣，何必图好吃好着③？常将有日思无日，莫待无时思有时，则子子孙孙常享温饱矣。

——四愿斋主《历代名人家书》

〔注释〕

①俭：节俭，俭朴。奢：奢侈。
②不馋：不贪嘴，不贪食。这里指不挨饿。
③着：穿。

杨继盛给子应尾、应箕书

杨继盛，字仲芳，号椒山，明代保定容城（今属河北）人。嘉靖年间进士，拜兵部员外郎，因弹劾大将军仇鸾误国被贬官。后任兵部武选员外郎，因抨击严嵩，下狱被杀。这封写给儿子的信，原文很长，娓娓叙来，关照很细，这里摘取一段，可见其如何教育子女择友选人的。

择于忠厚　　肝胆相照

你们兄弟俩年幼无知，恐怕那些油滑的人见了，便要来哄诱你们。或者请你吃饭，或者引诱你赌博，或者把心爱的东西送给你，或者用美色来勾引你们。如果你们一旦入了他们的圈套，便要吃大亏了，不仅仅是倾家荡产，而且弄得你不像个人样。如果有这样的人来哄诱你们，你们便用我的话来识破他们。和你好实际上是不好的意思,和他们离得远远的。选择那些老成忠厚,肯读书、肯学好的人,你就和他交友,肝胆相见,讲话守信用,经常和他相处在一起。这样的话,你就自然成为一个好人,不会成为品质低下的人。

〔原文〕

　　你两个年幼,恐油滑人见了,便要哄诱你。或请你吃饭,或诱你赌博,或以心爱之物送你,或以美色诱你,一入他圈套,便吃他亏。不惟①荡尽家,且弄你成不得人。若是有这样人哄你,便想我的话来识破他。合你好,是不好的意思,便远了他。拣着老成忠厚,肯读书、肯学好的人,你就与他肝胆相交,语言必信,逐日与他相处。你自然成个好人,不入下流②也。

——陈宏谋《五种遗规》

〔注释〕

　　①惟:只。
　　②下流:指品质低劣的人。

沈炼给子襄书

　　沈炼,字纯甫,明代会稽(今浙江绍兴)人。嘉靖年间进士,性格刚直,疾恶如仇,曾任锦衣卫经历。在这封信中,沈炼要求儿子沈襄树立远大志向,"以天下事自任";结交朋友时,也应亲近雄才俊杰之士,疏远那些阿庸无识之徒。

雄才俊杰之士，当亲之敬之

北宋范仲淹只是一个普通秀才的时候，就以天下为己任。何况现在南方、北方都发生祸乱，连年旱灾，天灾人祸，到处都是。现在这个时候，不可以说天下已经太平无事了，你们这时不能为朝廷国家献策进言，只知道在书本中寻章摘句，悠闲从容地讲求繁文缛节。还认为国家大事不是你们的责任，虚度光阴，时机已到却不做事，最终事情败坏，大家受害，那么，你们平生所学的知识又有什么用呢！南方的风气开通发达，难道没有雄才俊杰吗？我希望你亲近他们，尊敬他们。至于那些阿谀奉承、没有见识的庸人，我希望你疏远他们。

〔原文〕

范仲淹做秀才时，即以天下事自任。况今南北告警，旱魃①连年，天变人灾，四方迭见，当此之时，不可为无事矣！汝等不能出一言，道一策，以为朝廷国家，只知寻摘章句，雍容②于礼度之间。答谓责任不在于我，因循岁月，时至而不为，事失而胥③溺，则汝等平生之所学者，更亦何益！南方风气秀拔，岂无雄俊才杰之士邪！吾愿汝亲之敬之。其阿庸无识之徒④，愿汝疏之远之。

——沈炼《青霞集》

〔注释〕

①旱魃（bá）：迷信说法指造成旱灾的鬼怪。
②雍容：指悠闲从容。
③胥：皆，都。

④阿庸：阿谀奉承，庸俗。

史桂芳训家人

史桂芳，字景实，明代鄱阳（今江西鄱阳）人。嘉靖年间进士。初为歙县知县，又知延平、汝宁二府，后迁两浙运使，为官廉直。史桂芳用陶侃运砖的故事，训诫家人勤劳朴素，勿为淫逸所累。

逸则妄念生

晋代陶侃每天搬运砖头，据他自己说是为了适应日后的劳苦生活，大概他不便把心中的想法直接对人说出来。一个人习惯了劳苦就会产生善心，培养品德，强健身体都要依靠它。太安逸了就会产生邪念，道德沦丧、损害身体都是由于它。儿子史言、孙子史稽，我教育你们的不外乎就是这个"劳"字。言儿勤劳于耕种田地，稽孙勤劳于攻读书史，请你们父子俩好好考虑一下。

〔原文〕

陶侃运甓①，自谓习劳②，盖有难以直语人③者。劳则善心生，养德养身咸在焉。逸则妄念生，丧德丧身咸在焉。吾命言儿稽孙，不外一劳字，言劳耕稼，稽劳书史，汝父子其图之。

——史桂芳《惺堂文集》

〔注释〕

①陶侃运甓：事见"陶侃运砖"篇。

②习劳：适当劳苦生活。

③直语人：直接对人说。

徐缓训子书

徐缓，字小淑，明朝苏州（今属江苏）人。副使范允临的妻子，好吟咏，在江南士大夫中很有声望。《训子书》中徐缓对儿子提出了殷切的希望。她希望儿子奋发雄飞，兢兢业业，不要蹉跎岁月。学习上要专心致志，思路宽广。这体现了一片慈母之情。

钻燧之火，可以续朝阳，
挥翮之风，可以继屏翳。

你现在快二十岁了，已接近成人，却胆小怯懦，无所作为，一点也不熟悉世道人情，我深为你感到担忧。堂堂六尺男子汉，屹立于天地之间，不能振翅奋发雄飞，白白虚度光阴，贪图安逸，不听教诲，这和鸟兽有什么区别呢？将来又怎么做人呢？千万不要使亲人为你痛心，使恨你的人高兴啊！希望你兢兢业业，每天从早到晚都不懈怠，遇事要明白事理，从内心作出决断。钻木取来的火尽管微弱，可以继光芒四射的太阳之后，在夜晚给人们以光明；挥动羽扇得来的风尽管很小，可以继吹拂大地的清风过后，在夏天为人们驱炎热。有些物体虽小，益处却很大，作为万物之灵的人，难道不应当发挥更大的作用吗？

学习上要聚精会神，足不出门，心无二用。精神境界要高，居高临下，犹如站在千仞的高山之巅，思路要宽，四通八达，自由地驰骋在八极之外。写文章要构思精巧，辞藻富丽，如春天开放的鲜花。专心致志地处理事情，就不怕不成模样；全神贯注地造就器物，就不怕不成方圆。尽了自己的主观努力，虽然成功与否还难以预测，就无愧于父母妻子了！遵循这些道理，一生就不会堕落，希望你勉励自己，把我的话作为规诫自己的良言，千万不要糊里糊涂，志向不明。

〔原文〕

　　儿年几弱冠①，懦怯无为，于世情毫不谙练②，深为尔忧之。男子昂藏六尺于二仪③间，不奋发雄飞而挺两翼，日淹岁月，逸居无教，与鸟兽何异？将来奈何为人？慎勿令亲者怜而恶者快！兢兢业业，无怠夙夜④，临事须外明于理而内决于心。钻燧之火⑤，可以续朝阳；挥翮之风⑥，可以继屏翳⑦。物固有小而益大，人岂无全用哉？

　　习业当凝神伫思，戢足纳心⑧，鹜精于千仞之颠⑨，游心于八极之表⑩。浚⑪发于巧心，摅⑫藻为春华，应事以精，不畏不成形；造物以神，不患不为器。能尽我道而听天命，庶不愧于父母妻子矣！循此则终身不堕沦落，尚勉之励之，以我言为箴⑬，勿愦愦于衷，毋朦朦于志。

　　　　　　　　　　——徐缓《络纬吟》

〔注释〕

　　①弱冠：古代男子二十岁行冠礼，表示成人。
　　②谙（ān）练：熟悉。
　　③二仪：指天地。
　　④夙（sù）夜：早晚，朝夕。
　　⑤钻燧之火：指钻木取火。

⑥挥翮之风：指羽毛扇扇起的风。翮，羽毛。

⑦屏翳：风神。此指天然的风。

⑧戢足：收敛足迹，足不出门。纳心：专心。

⑨鹜：通"务"，追求。仞：古代长度单位，一仞约七八尺。

⑩八极之表：八极之外，指最边远的地方。

⑪浚（jùn）：疏浚，疏通。

⑫摅（shū）：舒展，舒发。

⑬箴：箴言，规诫的良言。

支大纶示儿书

支大纶，字华平，明代嘉善（今属浙江）人。万历年间进士。曾由南昌府教授擢泉州府推官，因事谪江西布政司理问。这封信简短扼要，提出五"硬"，指出做人要无私无畏，独立思考。

浸润之谮须耳硬

大丈夫遇到权门显贵，就要脚硬，不卑躬屈膝；在朝廷做谏官，就要口硬，敢于讲真话；进史局撰修史书，就要手硬，做到秉笔直书；碰到人家向你诉说切身利害的遭遇，就要心硬，冷静地分析判断；听到有人不断地说某人的坏话，就要耳硬，不轻信谗言。

〔原文〕

丈夫遇权门须脚硬，在谏垣①须口硬，入史局须手硬，值肤受之愬②须心硬，浸润之谮③须耳硬。

——周亮工《赖古堂名贤尺牍新钞》

〔注释〕

①谏垣：谏官官署。

②肤受：切身的遭受。愬：诉说。

③浸润之谮（zèn）：浸润像水一样渐渐渗透。谮：进谗言，说别人的坏话。

魏禧给子世侃书

魏禧，字叔子，又字冰叔，明代宁都（今属江西）人。明末诸生，明亡后隐居翠微峰。康熙中，举博学鸿词，以疾辞。以文名天下，著有《魏叔子集》。这是《给子世侃书》的节录，专门谈了如何对待聪明的问题，强调"聪明当用于正"。

夫聪明当用于正

你资质较聪明，又懂事。聪明应当用在正当的方面，亲近的老师，选择的朋友都志同道合，步调一致，那就可以成为圣贤，成为豪杰，取得事半功倍的效果。聪明如果用在不正当的方面，那就正好足以助长一个人的骄傲自大，掩盖身上的缺点，帮助人去干坏事，最终导致杀身害己，败坏名声。不然的话，就是把聪明用在无益的事情上。小时候好像很聪明懂事，但长大以后，聪颖锐气就丧失得一干二净，以致一事无成，最终只是一个废物罢了。

〔原文〕

汝资性略聪明，能晓事。夫聪明当于正，亲师取友，进归一路[①]，则为圣贤，为豪杰，事半而功倍。若用于不正，则适足以长傲、饰非、助恶，归于杀身而败名。不然，则用于无益事。小若了了[②]，稍长，锋颖消亡，一事无成，终归废物而已。

——魏禧《魏叔子集》

〔注释〕

①进归一路：老师、同学都志同道合，同走一条道。

②了了：聪明，懂事。《世说新语·言语》载："小时了了，大未必佳。"

朱吾弼示弟

朱吾弼，字谐卿，明代高安（今属江西）人。万历年间进士。累官南京御史、大理右丞、南京太仆寺卿。为官正直，颇有声望。《示弟》谈了如何做官、做人的两个问题，叮咛弟弟要洁身自好，谨慎再三。

将军失机　一败涂地

这封信写给弟弟，没有时间写得很长。但讲做官，应当如将军对敌人那样；做人，应当如处女防身那样。将军在战场上贻误了战机，就会一败涂地；处女被玷污失身，今后的一生就像破碎的瓦片一样全完了。在做官、做人这两件事情上，你千万要慎重啊！

〔原文〕

一札寄弟，不暇①长语。第②谓做官，当如将军对敌；做人，当如处子防身。将军失机，则一败涂地；处子失节，则万事瓦裂。慎之哉！

——周亮工《赖古堂名贤尺牍新钞》

〔注释〕

①暇：空闲。

②第：但，只。

聂继模给子书

聂继模，字乐山，清代衡山（今湖南衡山县）人。乾隆年间，其子以进士出任县令，聂继模写了长达三千字的诫子书。信中嘱咐他尽心公职，不要多过问家事，尤其不能因公事不忙，责任较轻，而放松努力，无所作为。

夙兴夜寐，无忝尔所生

你在外做官，不宜多过问家事。路途遥远，家信稀少，偶尔接到一封信，反而会使人心烦意乱，正是应当以没有收到家信作为家中平安无事。你以前在家的日子本来就少，我们二老也习以为常了，就是过节，也不大多想。现在你的妻子也去了你做官的任所，不免要增添一番惆怅思恋，但想来也不过是一时的情绪，时间一长也就安下心来，请不要多虑。

偏僻山区的县令，公事不繁，职责较轻，最容易消磨人的志气，你必须时时提醒自己，激发自己的工作责任心，从看来没事的地方找出问题，预先早有准备，一旦发生了问题，也就能妥善解决，归于无事。现在你在那边做官已经一年多了，比较熟悉民情，正好兴利除害。如果因为是偏僻的小地方，上司抓得不紧，就苟且偷安，得过且过，久而久之，就会像瘫痪的病人一样，对事物麻木不仁，成为世界上的木偶人了，将来无论如何是不能大有作为的。这样，既对不起山区的老百姓，也怎么能不辜负导师的指教呢？

我看了你给黄孝廉的信，其中你写的诗句说：因为春眠不觉晓，道士五更撞钟都轻了。这是绝对不行的。《诗经》上说："清早起，深夜睡，勤于职守，才无愧于父母。"当官的应当晚睡早起，巡更人清晨敲第一次梆子，就要起床洗脸漱口，敲第二次梆子时就要开始办公，就是没事也要如此。这样才能习惯成自然，一旦后来突然担任繁重的工作，才能不感到劳累，反而受到益处。

〔原文〕

尔在官，不宜数问家事。道远鸿稀①，徒乱人意，正以无家信为平安耳。尔向家居本少，二老习为固然，岁时伏腊②，不甚思念。今遣尔妻子赴任，未免增一番怅恋③，想亦不过一时情绪，久后渐就平坦，无为过虑。

山僻知县，事简责轻，最是钝人志气，须时时将此心提醒激发，无事寻出有事，有事终归无事。今服官年余，民情熟悉，正好兴利除害。若因地方偏小，上司或存宽恕，偷安藏拙，月成痿痹④，是为世界木偶人，无论将来不克大有作为，无以对此山谷愚民⑤，且何以无负师门指授？

见答黄孝廉札，有"为报先生春睡熟，道人轻撞五更钟"句，此大不可。《诗》曰："夙兴夜寐，无忝⑥尔所生。"居官者宜晚睡早起，头梆⑦盥漱，二梆视事，虽无事亦然。庶几习惯成性，后来猝任繁剧⑧，不觉其劳，翻⑨为受益。

——戴肇臣《学仕录》

〔注释〕

①鸿稀：指家信很少。鸿：鸿雁，比喻书信。

②岁时伏腊：夏天的伏日和冬天的腊日，都是祭祀的日子。泛指节日。

③怅（chàng）恋：惆怅思恋。

④痿（wěi）：肢体萎弱，筋脉弛缓。痹：麻木。

⑤山谷愚民：指偏僻山区的老百姓。

⑥无忝：无愧。

⑦梆：巡更时所敲击的器具。

⑧猝：突然。繁剧：繁重的公务。

⑨翻：反而。

陈宏谋给四侄钟杰书

陈宏谋,号榕门,清代临桂(今广西桂林)人。雍正年间进士。曾任东阁大学士,又出任陕西、浙江、江苏等省巡抚,在职颇有政绩。这里选录了两封《给四侄钟杰书》,信中陈宏谋教育侄儿要杜绝骄奢浮华,努力治学。

天下唯诚朴为可久耳

一

京城中风气浮华,你必须打定主意,不要沾染这种习气。因为天下只有诚恳、俭朴才能历时长久啊!我家几世都甘于清贫,怎么可以忘本呢?无论读书、会客,事事都要检点,这就是学问啊。

二

你来京城途中,有片刻的空闲,就应当看书。古人无论出外游历还是在家,都坚持学习,目的是把放纵散漫的心思收拢起来。骄傲奢侈,你一点也不能沾染。就是会客说话,当然难免有些应酬的话,但是客套话不能讲得太多,太多了就会流于油滑,显得不真诚了。

〔原文〕

其一

京中浮华,须立定主意,不为所染。盖天下惟①诚朴为可久耳!吾家世守寒素②,岂可忘本?读书见客,事事检点,即学问也。

其二

来京途中，有一刻闲，便当看书。古人游处皆学，不过为收放心③耳。骄傲奢侈，一点不能沾染。即会客说话，固须周旋④，然不可套语太多，多则涉于油滑而不真矣。

——陈宏谋《榕门集》

〔注释〕

①惟：只，只有。

②寒素：家世清贫。

③收放心：约束放纵散漫的心思。

④周旋：应酬，打交道。

彭端淑为学一首示子侄

彭端淑，字乐斋，清代丹棱（今属四川）人。雍正年间进士。由吏部郎中出为广东肇罗道，后归，主讲锦江书院，以诗文名重一时。这是他写给子侄信的一部分，着重谈了聪明和愚笨的关系，指出二者并不是一成不变的。意在勉励子侄刻苦学习，努力上进。

昏庸聪明之用，岂有常哉

天下的事有没有难易之分呢？如果认真去做，难做的事也就变得容易了；不去做，容易做的事也会变得难了。在学习方面有没有难易之分呢？如果认真去学，难的也会变得容易了；不去学，容易的也会变得难了。假如我的天资愚笨，不如别人；我的才能平庸，不如别人。但是我天天努力学习，持之以恒，从不懈怠，到最后学有所成，也就不会使人感到愚笨、平庸了。如果我天资聪明，超过别人几倍；我的才能敏捷，超过别人几倍。但是我却放弃不学，不去利用自己聪明敏捷的条件，那就跟愚笨、平庸没有什么区别了。孔子有许多学生，但最后将他的道统传下来的，却是他认为资质鲁钝的曾参。由此看来，愚笨、平庸和聪明、敏捷难道是一成不变的吗？

〔原文〕

　　天下事有难易乎？为之，则难者亦易矣；不为，则易者亦难矣。人之为学有难易乎？学之，则难者亦易矣；不学，则易者亦难矣。吾资①之昏，不逮②人也；吾材之庸，不逮人也。旦旦而学之，久而不怠焉，迄乎成，而亦不知其昏与庸也。吾资之聪，倍人也；吾材之敏，倍人也。屏弃而不用，其与昏与庸无以异也。圣人之道，卒于鲁也传之③。然则昏庸聪明之用，岂有常哉？

　　　　　　　　　　　　——彭端淑《白鹤堂文集》

〔注释〕

　　①资：资质，人的天资禀赋。
　　②逮：及，到。
　　③卒于鲁也传之：意思是孔子曾说他的学生曾参资质鲁钝，但最后孔子的道统却由曾参传了下来。卒：最后，最终。鲁：天性迟钝。

郑燮寄舍弟墨第二书

郑燮，字克柔，号板桥，清代江苏兴化人。著名画家、文学家，乾隆年间进士。曾任山东范县、潍县知县。任内政绩卓著，颇关心民众疾苦，后因赈济灾民得罪上司而被罢官。这是他写给堂弟郑墨的第二封家信。信中谈了自己教育孩子的方法。"第一要明理作个好人"，这是郑燮教子的根本出发点。

读书中举中进士作官
第一要明理作个好人

我五十二岁时，才生了一个儿子，哪有不疼爱的道理呢！然而，疼爱孩子必须合乎道理，即使在游戏玩耍的时候，也务必培养他心地忠厚、诚恳的品德，不能让他为人刻薄、行为暴躁啊。

我不在家，儿子全靠你管束。最要紧的是培养他忠厚的性情，去掉他性格中残忍的成分，不能认为他是侄儿，就姑息纵容他啊。家里仆人的孩子，都是天地间一样的人，应当一样的爱惜，绝不允许我的儿子欺侮、虐待他们。凡有荤腥、果子、糕饼等食物，应平均分给他们吃，让大家都欢欢喜喜，蹦蹦跳跳。如果我的儿子坐着吃好食物，而仆人的孩子老远站着呆望，嘴里一点也尝不到，这些小孩的父母看见，既疼爱孩子，又无可奈何，只好喊他们离去，这对做父母的来说，不是割心头肉般难受吗？

读书考取举人、中进士和做官，这都是小事情，第一等重要的是要明白事理，做一个好人。你可以把这封信念给郭嫂、饶嫂听听，让她们两人都懂得，疼爱孩子的道理在这儿而不在别的地方啊。

〔原文〕

　　余五十二岁始得一子，岂有不爱之理！然爱之必以其道，虽嬉戏顽①耍，务令忠厚悱恻②，毋为刻急③也。……我不在家，儿子便是你管束。要须长其忠厚之情，驱其残忍之性，不得以为犹子而姑纵惜也④。家人⑤儿女，总是天地间一般人，当一般爱惜，不可使吾儿凌虐⑥他。凡鱼飧⑦果饼，宜均分散给，大家欢嬉跳跃。若吾儿坐食好物，令家人子远立而望，不得一沾唇齿，其父母见而怜之，无可如何，呼之使去，岂非割心剜肉乎？夫读书中举中进士作官，此是小事，第一要明理作个好人。可将此书读与郭嫂、饶嫂听，使二妇人知爱子之道在此不在彼也。

　　　　　　　　　　　　——郑燮《板桥集》

〔注释〕

　　①顽：同"玩"。
　　②悱恻（fěi cè）：内心诚恳。
　　③刻急：苛刻严酷。
　　④犹子：侄子。姑：姑息，放纵。
　　⑤家人：指仆人。
　　⑥凌虐：欺侮，虐待。
　　⑦鱼飧：泛指荤腥食品。飧（sūn）：熟食。

袁枚给弟香亭书

　　袁枚，字子才，号简斋、随园老人，清代浙江钱塘（今杭州）

人。乾隆年间进士，曾任江宁等地知县。这是《给弟香亭书》的节录，信中着重谈了如何对待科名的问题，"夫才不才者本也，考不考者末也"，指出最重要的是培养孩子的才能，并不在于是否参加科举考试，取得功名。

才不才者本也　考不考者末也

一个人有没有才能是最根本的，参加不参加科举考试是次要的。儿子果然有才能，那么到金陵考可以，到杭州考也可以，即使不考也可以。如果儿子无才，那么到金陵考不行，到杭州考也不行，只有不考废业才算完事。作父亲兄长的，不教孩子好好读书学习，而仅仅与其他人争闲气，为什么不揣度根本而只计较末端呢？俗话说："知子莫如父。"阿通文理粗疏，和"秀才"两个字的距离还远着呢。如果认为这里的文风不及杭州之盛，容易考上，这真所谓是不去与齐楚二雄争强大，而心甘情愿跟弱小的江国、黄国比高低。这种想法是何等得对不起子孙，出这种主意是何等的让人鄙视啊！

子路曾经说过："君子作官，为的是执行正义。"并非是贪图高官厚禄，荣宗耀祖。中丞李鹤峰的女儿叶夫人在劝慰儿子考试落第时写的诗中说："当年勉励儿子胸怀大志，难道是为了科举功名才读书的吗？"这话真是说得好极了！闺房妇女能有这种见解，现在的士大夫听了这话都应该要羞愧死了。如果不明白这个道理，那么虽然获得了科举功名，做了高官，也一定会误国误民，最终还害了自己。没有基础造厚墙，虽然很高，必然要倒塌，这样做并不是爱他们，而实在是害他们啊。

〔原文〕

夫才不才者本也,考不考者末也。儿果才,则试金陵①可,试武林②可,即不试亦可。儿果不才,则试金陵不可,试武林不可,必不试废业而后可。为父兄者,不教以读书学文,而徒与他人争闲气,何不揣其本而齐其末③哉!知子莫若父,阿通文理粗浮,与"秀才"二字,相离尚远。若以为此地文风不如杭州,容易入学,此之谓不与齐楚争强,而甘与江黄竞霸④,何其薄待儿孙,诒谋之可鄙哉⑤!子路曰:"君子之仕也,行其义也。"非贪爵禄荣耀也。李鹤峰中丞之女叶夫人慰儿落弟⑥诗云:"当年蓬矢桑弧⑦意,岂为科名始读书?"大哉言乎!闺阁⑧中有此见解,今之士大夫都应羞死。要知此理不明,虽得科名作高官,必至误国、误民,并误其身而后已。无基而厚墉⑨,虽高必颠,非所以爱之,实所以害之也。

——袁枚《小仓山房尺牍》

〔注释〕

①金陵:今南京。

②武林:今杭州。

③齐其末:比较它的末端。

④齐楚:指齐国、楚国,战国七雄中的两雄。江黄:指江国和黄国,战国时期的小国。

⑤诒谋:留下来的计策。诒:遗留。

⑥落弟:即落第。

⑦蓬矢桑弧:蓬梗做的箭叫蓬矢,桑木做的弓叫桑弧。古代诸侯生子后要举行仪式。仪式上,要授给蓬矢桑弧,表示儿子长大后能保

境治民，抵御四方入侵。后以"桑弧蓬矢"勉励人应胸怀大志。

⑧闺阁：内室，多指女子卧室。

⑨墉：墙。